「こうでもしないと、
抱きしめてくれないかなって思ったから」
そう言いながらも、
陽花里はさらに体を押し付けてくる。
果てしなく可愛いし、
いろいろと柔らかいし、
なんか良い匂いするし、
このままではどうにかなっちゃいそうだ。
灰原くんの強くて
青春
ニューゲーム
haibarakun no
tsuyokute
seisyun newgame

夏希のことを
よく知る昔からの
幼馴染
Miori
本宮 美織
▶もとみや みおり
人生2周目な
無自覚ハイスペック
主人公
Natsuki
灰原 夏希
▶はいばら なつき

球技大会の実行委員で
何やら新たな恋の予感が!?
夏希のバイト&
バンド仲間な
陰キャ男子
篠原 鳴
▶しのはら めい
大人しそうな文学
少女で鳴のことが
気になる様子
船山 志月
▶ふなやま しづき

「――あの頃に、戻りたいな」

灰原くんの
強くて青春ニューゲーム５

雨宮和希

HJ文庫
1096

口絵・本文イラスト　吟

▶contents

▼序章　光の影で

——俺《おれ》には、何もできなかった。

思わず夏希《なつき》に掴《つか》みかかっても、あんな顔で謝《あやま》られては拳《こぶし》の一つも握《にぎ》れない。

そもそも夏希が悪いわけじゃないのだ。俺が、勝手に怒《いか》りを感じているだけ。自分の気持ちを抑《おさ》え込《こ》んで、夏希の気持ちも確かめずに託《たく》したつもりになって、裏切られたような気分になった。でも、夏希は自分の気持ちに誠実になっただけで、その結果として詩《うた》ではなく星宮《ほしみや》を選んだだけで、俺が怒《おこ》るのはお門違《かどちが》いだ。そもそも俺は何の関係もない。

分かっている。理屈《りくつ》では、十分に。だけど感情だけは誤魔化《ごまか》せない。

胸中でもやもやと渦巻《うずま》く気持ちは複雑で、どうにも上手《うま》く言語化できなかった。

泣いている詩を見ても、気の利《き》いた台詞《せりふ》の一つも言えない。

傍《そば》にいることしかできず、それが詩のためになっているのかどうかも分からない。どちらかと言えば俺の自己満足だ。俺が、せめて何かできることをしたかっただけ。

そもそもが間違《まちが》いだったのだ。託すだなんて、何様だ。夏希にとっても重荷になったと思う。その結果、たとえ詩が選ばれたとしても、本当に喜べるわけでもないのに。
それどころか、心のどこかに、この結果になってほっとしている自分すらいた。
最低だ。自分に失望していた。
だから、せめて、もう少し良い人間になりたかった。
文化祭のステージ。大勢の観客に囲まれて歌う夏希は、別世界の人間のようだ。
その眩《まぶ》しさに目を背《そむ》けても、歌声は耳に届く。
ああ、これは最高に格好良い。いろんな奴《やつ》に好かれるのも当然だと思う。
この音楽のために、いったいどれほどの努力があったのだろう?
……俺には、それができるだろうか。努力をすれば、少しは変われるだろうか。
分からない。分からないけど、何もしないよりはマシだ。
夏希のように、みんなの中心で輝《かがや》くヒーローになりたいわけじゃない。
好きな女の子に歌で気持ちを伝えられるような主人公になりたいわけでもない。
ただ、少しでも、泣いているお前の救いになれるような人間になれたら。
——そう、思っただけだった。

▼第一章　恋人って何すればいいの？

十一月。秋も深まり、風は冷たさを増している。冬の訪《おとず》れが近づいていた。

長袖《ながそで》一枚では心許《こころもと》ないのでカーディガンを羽織っているが、今日は特に冷《ひ》え込んでいるので、もう一枚上着を着てもよかったかもしれない。この時期の服は難しいんだよな。急に暑くなったり寒くなったりするから。まあ昼になれば、もう少し暖かくなるだろう。

「夏希《なつき》くん！」

後ろから名前を呼ばれて、振《ふ》り返る。

視界に入ったのは、とびきりの美少女だった。

私服姿の星宮《ほしみや》陽花里《ひかり》が、小さく手を振りながら近づいてくる。

「お待たせ。ごめんね、ちょっと服に迷っちゃって」

そんな風に謝ってくる陽花里の恰好《かっこう》は、黒いブラウスにベージュのロングスカート。

とても似合っていると思うし、ちょっと大人っぽくて新鮮《しんせん》だ。

おっと、見惚《みと》れている場合じゃない。とりあえず返事をしなければ。

「いや、俺も今来たところだから」

本当は楽しみすぎて一時間前からいたけど、それは言わなくてもいいだろう。

「ほんと？　よかった」

陽花里はほっとしたように胸を撫《な》で下ろしている。

それから、ちょっと恥《は》ずかしそうな表情になり、ぼそぼそと呟《つぶや》く。

「き、昨日……楽しみだったから、上手く眠《ねむ》れなくて……結局寝坊《ねぼう》しちゃった」

小学生みたいな言い訳に思わず笑うと、陽花里は唇《くちびる》を尖《とが》らせる。

「わ、笑わないでよ！」

「ごめんごめん。面白《おもしろ》かったから」

……まあ俺もあんまり眠れてないけど。普通《ふつう》に恥ずかしいから黙《だま》っておこう。

「とりあえず中に入ろっか」

俺はそう言って、陽花里に手を伸《の》ばす。

目を瞬《まばた》かせた陽花里は、おそるおそる、といった調子で俺の手を握る。

よし、最初に自然と手を握る作戦に成功！　やはり最初を逃《のが》すと、ずっとタイミングを見失うような気がしてならないからな。陽花里の手、温かくて心地《ここち》が良いぜ……。

「……夏希くん。やっぱり、結構前から待ってたでしょ？」

「な、なんでそう思うんだ？」

ギクリとしながら問い返すと、陽花里は端的《たんてき》に答えた。

「手、冷たいから」

な、なるほど……それは確かに！

陽花里の手が特別温かいわけじゃない。俺の手が冷たかったのか……。

「ごめん……実は一時間前から待ってました……楽しみすぎて」

「なんで謝るの。謝るのはわたしでしょ。ごめんね、そんなに待たせちゃって」

「いやいや、待ってる時間もデートだってどっかで聞いたし」

そう。今日は、俺の恋人になった陽花里との記念すべき初デートなのだ！

めちゃくちゃ緊張《きんちょう》しているけど、楽しみたいし、楽しませたい。

まあ俺はすでに楽しいんだけどね。俺の隣《となり》に陽花里がいるというだけで。

「結構混んでるね」

陽花里と手を繋《つな》ぎながら、ショッピングモールの中に入る。

ごった返していると言うほどじゃないが、それなりの人で賑《にぎ》わっていた。

「まあ土曜日だからな」

デートプランは、無難にウインドウショッピング↓ランチ↓映画↓帰宅みたいな感じで組んでいる。昨日、陽花里と一緒《いっしょ》にＲＩＮＥをしながら考えたのだ。

恋人になって初めてのデートであまり突飛《とっぴ》なことはしたくないし、ちょうど陽花里が観たい映画もあった。それに、そろそろ冬服を調達しておきたいからな。俺が人前で着る服はだいたい美織《みおり》に選んでもらったのだが、冬場に耐《た》える服は持っていない。

その話をしたら、陽花里が「じゃあわたしが選んであげる！」と言ってくれたのだ。

正直、自分のセンスには自信がないので非常に助かる。本当は引き続き美織に選んでもらおうと思っていたのだが……もう俺たちの協力関係は解消されちゃったからな。

実際、俺は美織に頼《たよ》りすぎていたのかもしれない。

協力関係が解消されて、そう実感していた。

陽花里と恋人関係になって、とても嬉《うれ》しかった。でも、俺は人と付き合ったことが一度もないから分からないことだらけで、無意識に美織に相談しようとしていた。

いつも手を貸してくれた存在が、もういない。

それは、暗闇《くらやみ》の中をひとりで歩いているような感覚に近かった。

『じゃあ、ここで私たちの協力関係は終了《しゅうりょう》。パートナーは解消だね』

ふと、電話越《ご》しに聞こえてきた美織の声を思い出す。

あの日、美織の様子はおかしかった。もしかしたら、何かがあったのだろうか。

怜太《れいた》と付き合うことになって、ハッピーな日だったはずなのに。

「どしたの？　夏希くん。ぼうっとして」

視界の端《はし》に、ひょこっと陽花里が顔を出す。心配そうな表情だった。

いつの間にか思考の海に沈《しず》んでいたらしい。俺の悪い癖《くせ》だ。

美織のことは今考えても仕方がない。

とにかく今日は陽花里とのデートを楽しもう。

「ごめん、何でもない。えーと、どこから回ろうか？」

「わたしに任せて！　夏希くんに似合いそうな服のお店、心当たりあるから！」

陽花里は持ち前の大きな胸を叩《たた》いた。ぶるりと揺《ゆ》れる。

ついつい視線が引き寄せられそうになるが、何とか視線を上に持っていく。

「おお、それは助かる」

と、何事もなかったかのように返事をしておいた。

すると陽花里はスキップでも始めそうな歩調で、俺を案内してくれる。

「人前で手を繋いで歩くの、ちょっと恥ずかしいね？」

「まあ……なんか視線を感じるからな。同じ学校の人も見かけるし」

手を繋いで歩いているカップルなんてたくさんいるが、自意識過剰《かじょう》じゃなければ、妙《みょう》に俺たちは視線を浴びているような気がする。まあ陽花里は可愛《かわい》いからなぁ。

同じ学校の先輩《せんぱい》らしき二人組の女子は、俺たちの方を見て黄色い声を上げていた。どういう反応すればいいのか分からない件。陽花里も困ったように苦笑《くしょう》している。

「嫌《いや》なら、離《はな》そうか？」

「……嫌なわけないじゃん。怒るよ？」

陽花里は頬《ほお》を膨《ふく》らませて、拗《す》ねたように言う。いや、可愛すぎるだろ。

こんなにも可愛い少女が、俺の彼女《かのじょ》なのだという。今でも信じられないな……。

「これとか似合うんじゃない？　着てみてよ」

服屋で陽花里が手に取ったのは、紺色《こんいろ》のチェスターコートだった。

促《うなが》されるまま身に着けると、とても暖かい。生地《きじ》が柔《やわ》らかくて着心地《きごこち》が良いな。

近くにあった鏡で全身を映す。確かに、割と似合っている……ような気もする。体のラインがすらっとして見えるというか、キレイめに整ったような……感じがする。

「お、おお～……」

選んでくれた陽花里は、俺を見て謎《なぞ》のうめき声を発していた。

「どう思う？」

「い、いいんじゃないかな！　非常に！」

陽花里はぶんぶんと首を縦に振り、やけににやけた顔で言う。

「なんか適当に褒《ほ》めてない？」

「そ、そんなことないよ！　ちゃんとかっこいいって！」

今日はなんか陽花里がいつもより慌《あわ》ただしいというか、わたわたしている。

普段《ふだん》はもっと落ち着いている印象があるのに……もしかして緊張しているのか？

まあそんな陽花里も新鮮だし、可愛いからいいんだけど。

「えへへ……わたしの彼氏《かれし》、かっこいい……」

噛《か》みしめるように陽花里は呟いていたが、それ聞こえてるんですけど？

「ははは……」

とりあえず苦笑いをしてみる。

陽花里は、はっとしたように俺を見た。

「き、聞こえた⁉」

「いや、何も聞こえてない。何か言ったのか？」

「そ、そう？　よかった……」

「ああ。褒めてくれてありがとな」

俺の言葉にきょとんとした陽花里は、みるみるうちに顔を紅潮させる。

「聞こえてるじゃん！」と言いながら背中を叩いてきた。暴力はよくないと思います。

そんな感じのやり取りをしつつ、陽花里は俺の冬服を何着か見繕《みつくろ》ってくれる。

ギターを買ってから俺の財布《さいふ》は心許ないので、実際に購入《こうにゅう》するのは先ほど試着したチェスターコートと、長袖のシャツ一枚に留《とど》めておいた。他にも何着か陽花里が薦《すす》めてくれた服があるので、お金に余裕《よゆう》ができたら買っておきたいとは思っている。

「そろそろ昼飯の時間だな」

「そうだね。何食べよっか？」

モール内のレストラン街を歩きながら、陽花里とランチを考える。

「うーん……正直何でもいいんだけど……」

と、言いながら、ふと思う。デートで「何でもいい」発言はよくないと聞いた。やはり男の俺が主導していくべきか？　選択《せんたく》を委ねすぎるのは微妙《びみょう》だよな。そもそも、最初からある程度お店の候補を絞《しぼ》っておくべきなんじゃないか？　でも今更《いまさら》すぎるな……。

「陽花里は何食べたい？」

結局、そんな風に委ねてしまった。優柔不断《ゆうじゅうふだん》でごめんなさい……。

「えーっとね……あ、そうだ。ハンバーグとか、どう？」

いいね、と陽花里の提案に頷《うなず》き、ハンバーグがウリの洋食屋に入ることにした。

案内された席に座《すわ》り、注文を済ませる。

「……」

「……」

そこで沈黙《ちんもく》の時間が訪れた。な、何を話すべきか……？

「えっと、服、選んでくれてありがとな。助かった」

「う、ううん！　全然！　楽しいし、いくらでもやるよ！　目の保養だし！」

……目の保養って何？　シンプルに謎すぎて聞きそびれた。

「え、映画、楽しみだね！」

「そ、そうだな！」

陽花里も気まずいのか、目が泳いでいる。

「……」

「……」

さっきまでは自然に会話できていたのに、対面すると緊張が増す。

気まずさを誤魔化すために何度も水を飲んでいたら、空になっちゃった……。

それから何とか会話を繋いでいるうちに、料理が到着《とうちゃく》する。

「じゃあ、いただきます」

「美味《おい》しそうだね。いただきまーす」

陽花里は目を輝かせて、ハンバーグを頬張《ほおば》り始める。

一方、俺はほっとしていた。食事中は喋《しゃべ》らなくてもいいからね……。

「ふぅー、ごちそうさま。美味しかったね」

「そうだな……って、あ！　そろそろ行かなきゃ！」

ランチを食べ終わったタイミングで、映画が始まる時間の十分前になっている。

「ほんとだ！　ちょっとのんびりしすぎちゃったね！」

食後に雑談をしている余裕はなさそうだ。

慌てながら洋食屋の会計を済ませて、映画館に入場する。

何とか開始前に席に着くことはできたが、ドリンクを買えなかった。ランチを食べたばかりだしポップコーンとか軽食はいらないと思うけど、ドリンクは欲《ほ》しい。陽花里も口に出さないだけで同じことを思っているだろう。完全にスケジュール調整ミスだ。

はぁ、と。こっそりため息をつく。

なんかこう、いろいろと予定通りにいかない。

事前のリサーチ不足もあるし、俺にデート経験がなさすぎるのもある。

もっとスマートにエスコートできればいいんだけどな……。

薄暗《うすぐら》い視界の中で、大きな画面だけが輝いている。

まだ映画は始まっていないが、他の映画のコマーシャルが放送されていた。

何となく隣の陽花里を見ると、なぜか目が合う。

陽花里は慌てたように、ぱっとスクリーンの方を向く。

薄暗いけど、陽花里の顔はちょっと赤くなっているように見える。

……もしかして俺を見ていたのか？

問いかけるか悩《なや》んだタイミングで、周囲の囁《ささや》き声が消える。

しんとした静寂《せいじゃく》の中で、映画の本編が始まった。

陽花里が観たがっていたのは、事故で家族を失った少女と、その幼馴染《おさななじみ》の少年の恋《こい》を描《えが》く映画だった。少女は死に場所を探す旅をしていて、少年はそれに同行している。

ゆったりと、丁寧《ていねい》に進行していく展開の中、登場人物の気持ちが役者の表情だけで痛いほどに伝わってくる。静かに、心を揺さぶるような物語だった。

もう一度隣の陽花里を見ると、背筋を伸ばして、じっとスクリーンを見据《みす》えている。

おそらく感動しているのだろう。その目元には涙《なみだ》が浮《う》かんでいた。

だけど俺は、陽花里ほど映画に集中できてはいなかった。医者を志す主人公の少年があまりにも完璧《かんぺき》すぎて、自分とはかけ離れた人間のように感じてしまったから。

初めてのことを上手くやれる人間には感情移入できない。

だから、映画のストーリーを目で追いながらも、別のことを考えてしまう。

——これで、いいのだろうか？

ふと、思《おも》い浮かんだのはそんな疑問だった。

恋人同士のデートとして、これは正解なのだろうか？

俺には分からなかった。人生二周目でも、童貞《どうてい》には変わりないので。

もうちょっと上手くやれたと思う。デートプランとか、会話とか、今日はもたついてばかりだ。ウインドウショッピングの時も、主導してくれたのは陽花里だった。

俺は今日、陽花里に頼ってばかりだ。情けない。

そもそも怜太や美織が一緒だったダブルデートの時とほぼ同じプランなんだよな。

もっと、恋人らしいデートプランにするべきなんだろうか？

……どうだろう？　分からない。初デートだし無難で良い気もする。

というかまず、恋人らしいデートプランって何だ？

——恋人って、何すればいいの？

答えの出ない問いかけに、ぐるぐると思考が回り続ける。

つい三日前に陽花里と付き合い始めたばかりだが、未知の体験の連続だ。俺は初めてのことを上手くやれるような人間じゃないから、常に不安だらけだった。

陽花里と一緒にいたい。陽花里のことを幸せにしたい。そう思ってはいるが、気持ちだけでは意味がない。俺に恋愛《れんあい》のいろはを教えてくれる人はどこかにいませんか？

そんなことを考えているうちに映画は終盤《しゅうばん》に突入《とつにゅう》し、怒涛《どとう》のように移り変わっていく展開に惹《ひ》きこまれていった。このかっこいい主人公みたいに俺もなりたいよ……。

＊

「面白かったねー。わたし、めっちゃ泣いちゃった……」

陽花里は目元をハンカチで拭《ぬぐ》いながら、噛みしめるように呟いている。

「まさか、あそこからハッピーエンドになるとはなぁ」

「ねー。流石《さすが》に、もう、救えないのかなって、思ってたのに」

良い映画を観た。俺はハッピーエンド至上主義者なので非常に満足している。

ショッピングモールから、駅までの帰り道。

まだ十八時にもなっていないが、すでに空は茜色《あかねいろ》に染まっていた。

段々と、日の出ている時間が短くなっている。

ふと、お互《たが》いの手と手の先が触《ふ》れた。それから陽花里の指先が、俺の指先を掴む。その意図を察して、俺は陽花里の手を握った。少し寒いから、人肌《ひとはだ》がとても温かく感じる。

「……今日、楽しかったか？」

そんな俺の問いかけに、陽花里は笑顔《えがお》で頷いてくれる。

「もちろん！　夏希くんは、楽しめた？」

「……俺は、陽花里と一緒にいれるだけで、幸せだから」

心からの本音を言うと、陽花里の頬が紅潮する。

し、しまった……。普通に口が滑《すべ》った。ぼうっとしていたから、つい……。

普通に恥ずかしくなってきて、頬が熱くなるのを感じる。

陽花里の顔を見れずにいると、腕《うで》にごつんと鈍《にぶ》い感触《かんしょく》があった。

やはり暴力に訴《うった》える傾向《けいこう》があるな。照《て》れ隠《かく》しなのは分かってるんだけど。

「そんなの、わたしだってそうだよ……ばーか」

陽花里は、不意打ちのように耳元で囁いてきた。

甘《あま》えるような声音《こわね》の破壊力《はかいりょく》がありすぎる。俺を殺す気ですか？

最近の陽花里は割と口が悪い。俺には素の自分を見せてくれているのだろう。遠慮《えんりょ》のない態度は嬉しいが、たまに素直《すなお》すぎて、俺の心臓に悪い。……今のように。

傍目《はため》から見るとお互いの顔が真っ赤になっているのだろう。見なくても分かる。通りすがりの老夫婦《ろうふうふ》が、俺たちのことを見て「あらあら」と微笑《ほほえ》んでいた。

これじゃ、まるでバカップルのようじゃないか！

衆目の中でイチャつくカップルは嫌《きら》いなのに、自分がそうなりかけている。

あの老夫婦のように、落ち着いた距離《きょり》感で接したい。

「……ね、ねえ、夏希くん。今日のわたし、変だったでしょ？」

「い、いや……そんなこと、ないと思うぞ。いつも通り、か、可愛いし……」

おい！　変なところで噛むな俺！　キモいぞ！　……いつもキモいって？　はい。

「き、緊張してたの……すっごく……隠してたんだけど……」

いや、別にそれは全然隠せていなかったけど、指摘《してき》すると怒られそうだな。

そもそも、俺も陽花里に指摘できるような立場じゃないので……。

こうしている今も、心臓バクバクだし。繋いでいる手ばかりが気になる。

「そんなの、俺だって同じだよ」

だから、こんな返答しかできなかった。

お互いに、初めての恋人だ。どう振る舞《ま》っていいのかも測りかねている。

こういう時は男の俺が引っ張るべきなのだろうが……無難な行動を模索《もさく》するだけで精一杯《せいいっぱい》だ。自分の情けなさにため息すらつきたくなる。最強になりたい。

「……」

「……」

あれ？　会話が、途切《とぎ》れちゃった……。

どうしよう。あの、何か話題ってありますか？

何を話せばいいのか分からないまま歩き続ける。手はお互いに離さなかった。

気づいたら、駅の改札前に到着していた。俺と陽花里は帰る電車が違《ちが》うので、ここでお別れとなる……のだが、立ち止まった陽花里は俺の手を離そうとしない。

「……陽花里？」

「も、もうちょっとだけ……」

言葉の意図が分からず首をひねっていると、やがて陽花里は「よし」と頷いた。

「充電完了《じゅうでんかんりょう》しました」

「充電？」

「ちゃんと夏希くん成分を補給しておかないと、寂《さび》しくなっちゃうから」

えへへ、と照れながらもそんなことを言う陽花里が可愛すぎる。
本当にこんな可愛い子が俺の恋人でいいんですか？
いちいち動揺《どうよう》させてくるので心臓に悪い。
「じゃあ、またね」
「あ、ああ……また学校で」
陽花里は手を振りながら去っていった。
ひとりになった瞬間《しゅんかん》、どっと疲《つか》れが押《お》し寄せてくる。
一日中心臓をどきどきさせていたので、そりゃ疲れるに決まっている。
でも、心地の良い疲労《ひろう》だった。楽しい時間には間違いなかったから。
俺たちがあの老夫婦のような関係性に至れるとしたら、いつの話になるのだろうか。
少なくとも、現状では想像もつかないことだけは間違いなかった。

＊

陽花里とデートをした楽しい週末が過ぎ、憂鬱《ゆううつ》な月曜日が訪れる。
望んだ二周目の高校生活だけど、月曜日の憂鬱さは変わりない。まあ俺がやりなおしたいと思ったのは、別に授業の部分じゃないからな……。授業は普通に面倒臭《めんどうくさ》いよ。

それに、少しだけ気が重くなる要因もある。

「あ、灰原《はいばら》くんだ……」

「ほんとだ。今日もギター背負ってるね～」

朝。廊下《ろうか》を歩いていると、隣のクラスの女子の呟きが微《かす》かに耳に届く。

俺たちがライブをやった文化祭から、一週間が経過した。

大盛況《だいせいきょう》だったのは嬉しいけど、廊下を歩いているだけでじろじろと見られるのは正直あまり良い気分じゃない。陰口《かげぐち》を叩かれているのかと勘違《かんちが》いしちゃうから……。

これでも文化祭直後よりは落ち着いてきた方だ。ちょっと成功しすぎたらしい。虹色《にじいろ》の青春を望んだけど、あまりにも目立ちすぎると疲弊《ひへい》するのは逆に新鮮な体験だった。

教室の扉《とびら》を開け、中に入っていく。

すでにクラスメイトの半分ぐらいは登校しているようだった。

自分の席に向かうと、その周辺にはいつものメンバーが集まっている。

「おはよう、灰原くん」

最初に気づいてくれたのは七瀬《ななせ》だった。

「やあ」

「あ、夏希くん！　おはよっ」

七瀬の発言で俺に気づいた怜太や陽花里も挨拶《あいさつ》をしてくれる。

怜太はいつも通りだ。陽花里は、露骨《ろこつ》にぱあっと顔を輝かせていて可愛い。

「おはよう、みんな」

「おう」

ちょうどあくびをしていた竜也《たつや》も挨拶を返してくれる。

「眠そうだな」

「朝練やってると睡眠《すいみん》時間が足りねえんだよ」

「何時起きだっけ？」

「六時。マジでキツいぜ、正直。今までは授業中で補ってたんだけどな」

ぼやくように竜也は言う。

「最近、真面目に授業聞いてるもんね」

「そうね。少なくとも、陽花里よりはちゃんと聞いているわね」

感心している陽花里に、七瀬が辛辣《しんらつ》なツッコミを入れる。

「赤点取ると面倒《めんどう》だろ。補習とか、いろいろ」

「竜也も段々、意見がまともになってきたね。これが成長なのかな？」

「うるせえなぁ……」

いたって普通の会話だが、どこかぎこちない。

何となくグループの雰囲気《ふんいき》がギクシャクしている。

それは多分、みんな感じているだろう。でも、口には出さない。

原因は分かっているけど、すぱっと解決できるような問題じゃないからだ。

だけど関係を修復したいという意識はある。だから集まっている。

「てか、バスドラのアプデ内容見たか？」

「ああ。課金するかちょっと迷うよね――」

竜也と怜太がスマホゲームの話を始め、そのタイミングで七瀬に肩《かた》を叩かれる。

「ねえ、陽花里が昨日見た映画の話をずっとしていてやかましいのだけれど」

「だって本当に良かったんだって！　夏希くんもそう思うでしょ⁉」

「まあ、良い映画だったな」

「灰原くんがそう言うのなら、私も見てみようかしら」

「もしかして、わたしの意見って信用されてない？」

いつの間にか、七瀬と陽花里のトークに巻き込まれている。

男女混合六人グループだし、話題が分かれるのは珍《めずら》しくない。

とはいえ、気になることがひとつある。

『俺は、お前があいつを幸せにしてくれるなら、それで……っ!!』

あの文化祭の件から、竜也との会話が減っていた。

さっきのようにグループで話すことはできるが、サシでは話していない。

二人きりになることを避《さ》けられているようにも感じる。

あの時、喧嘩《けんか》のようなやり取りをした。

その原因は俺だ。散々迷った挙句、竜也には申し訳ない選択をしたのだから。

もう元の関係に戻《もど》れないかもしれないと覚悟《かくご》はしていた。

だからこそ、現状はよく分からない。

俺に対して、竜也はどういう感情を抱《いだ》いているのか。

それを表に出さないから、どういう対応が正解なのか分からず、迷っている。

「そういえば、詩《うた》は？」

ふとした呟きは怜太のものだった。

「遅《おそ》いね。どうかしたのかな？」

陽花里が時計を見ながら、小首を傾《かし》げる。

確かに、もうすぐ朝礼が始まる時間だ。クラスメイトもほぼ集まっている。

それに詩は部活の朝練組だから、普段はもっと早い時間には教室にいるんだけど。

「──危ない危ない！　セーフ！」

噂《うわさ》をしていたら、当の本人が慌てた様子で教室に駆《か》けこんできた。

自席に荷物を置いてから、俺たちのところにやってくる。

「おはよっ！　みんな！」

「おはよう、詩ちゃん、今日は遅かったね？」

みんなの疑問を、陽花里が代表して尋《たず》ねる。

すると、詩は恥ずかしそうな表情で頬をかいた。

「ギリギリまで自主練しよって思ったら、集中しすぎちゃって……」

ほんとにギリギリになっちゃった、と詩は言う。よく見ると額に汗《あせ》が滲《にじ》んでいる。

「頑張《がんば》ってるわね」

「そりゃもう、レギュラー取りたいからね！」

最近、詩は部活に熱中しているらしい。

三年生が夏で引退し、新しいチーム作りの段階でスタメンが固定されておらず、一年生の詩にもチャンスはあるようだ。夜も遅くまで自主練に励《はげ》んでいるらしい。

「朝練の後なんて、ちょっとしか時間ねえぞ」

「わ、分かってるってば。次からは気をつけるから」

呆《あき》れたような竜也に、詩が唇を尖らせる。

「まあ、間に合ったんだからいいじゃないか」

怜太がとりなしたタイミングで、朝礼開始の鐘《かね》が鳴る。

自分の席に戻って少し待つと、教室に担任教師が入ってくる。

今日の連絡《れんらく》事項《じこう》を話す担任教師の話を右から左へと聞き流しながら、詩が座っている方向をちらりと見る。詩は頬杖《ほおづえ》をつき、ぼうっとした様子で教壇《きょうだん》を眺《なが》めていた。

……あれ以来、詩ともあまり話していない。

グループでは多少話せるが、二人で話してはいない。

その原因が俺である以上、寂しいなんて言葉は口が裂《さ》けても言えない。


——俺は自分の気持ちに従い、選ぶことしかできなかった。


それが最も誠実だと思ったし、後悔《こうかい》はしていない。

だからこそ選ばなかったものに対して、できることは何もないのだ。

＊

放課後。部活に行く面々を見送り、第二音楽室を訪れていた。

扉を開けると、すでに芹香《せりか》がギターを弾《ひ》いている。

文化祭ライブでも演奏した『black witch』のイントロが部屋中に響《ひび》く。

「ちょっと久しぶり？」

演奏を止めた芹香が、そんな風に言って小首を傾げる。

「まあ一週間ぶりぐらいか」

文化祭でライブをした日を最後に、俺《おれ》たちのバンドは活動を終了した。

だから第二音楽室に来たのも最後の練習以来だ。

芹香や鳴《めい》とはクラスが違うし岩野《いわの》先輩は学年が違うので、会う機会もなかった。

そのうち打ち上げ会をやろうという話は出ているが、まだ具体的な話はしていない。

そんな折に、芹香から招集がかかったのだ。

「あ、お久しぶりです……」

いつの間にか背後を取られていた。真後ろから声が聞こえる。

慌てて振り返ると、鳴がぺこりと頭を下げた。

「あの、びっくりするから普通に登場してくれない？」

「す、すみません……これでも普通に登場したつもりなんですけど……」

ははは、と困ったように笑う鳴は今日も影《かげ》が薄《うす》い。

何にせよ、これで三人集まった。

「岩野先輩も集めたのか？」

「いや、もう本格的に勉強を始めてるみたいだから」

あの人も流石だな。まだ受験勉強を始めている二年生は少ないだろうが、周りの空気に影響《えいきょう》されるタイプでもない。むしろ周りに影響を及《およ》ぼすかもしれないな。

「まあ打ち上げ会ぐらいは来てくれるんだろ？」

「どっかの週末で予定空いてるか聞いてみるよ。お店はどうする？」

「いっちょうとかでいいんじゃね？」

北関東にしかないと知って衝撃《しょうげき》を受けた店の名前を答えながら、実感する。

——もう一緒に演奏することはないのか、と。

最初から分かってはいたのに、少しだけ悲しくなる。

あの四人で結成したバンド『mishmash leftovers』は、終わったのだ。

「……どうしよっか、これから」

芹香が呟く。その話が目的で集めたのだろう。

岩野先輩がいなくなっても、俺たち三人はまだ活動できる。

「文化祭までって期限を決めて、先のことはあんまり考えてなかったよね」

「芹香は音楽を続けるんだろ？」

「もちろん。やめるわけないじゃん。私は、一生続けるよ」

そうだろう。尋ねるまでもなく、芹香はこの先ずっと続けるに決まっている。

だから問われているのは、俺と鳴のやる気だ。

「……僕《ぼく》は、やりたいです。先輩のいない新しいバンドになっても」

俺より先に答えたのは鳴だった。

その表情は、静かな決意を秘《ひ》めている。

「疲れるしきついこともあるけど、やっぱりバンド活動は楽しいですから」

そんな鳴を見て、芹香は頷く。そして視線を俺に移した。

「夏希は？」

「そうだな、俺は――」

ライブが終わって、練習もなくなって、時間に余裕ができた。

先週末は星宮とデートしたり、筋トレや読書など、久々に休日を満喫《まんきつ》した。

正直、満足かなという気持ちもあった。

あの文化祭ライブは奇跡《きせき》のようなもので、二度と同じ演奏をできる気がしない。

もうあの四人でライブができないのなら、ここで終わりでもいいかなと思っていた。

でも、いざここに来ると、自分の本音に気づいてしまった。

「続けたい、とは思ってる」

練習は大変だったけど、充実《じゅうじつ》した日々だった。

ぶっちゃけ疲れるし、自分の下手さに辛《つら》くなったり、苦しいこともあった。でも、そんな日々の中で知った楽しさや面白《おもしろ》さは……俺が望んだ青春の色をしていたと思う。

だから、できるだけ続けたいと思った。

今までと形が変わることに不安はあるけど、芹香と鳴が一緒なら。

「夏希なら、大丈夫《だいじょうぶ》だよ。私が見込《みこ》んだ男だから」

白い歯を見せた芹香が背中を叩いてくる。

「再始動となると、まずはメンバー募集《ぼしゅう》ですか」

もう一度バンド活動をするのなら、岩野先輩の代わりのドラマーを探す必要がある。

だが、そう簡単に見つかる気はしない。俺たちの練習頻度《ひんど》についてこれるほどのやる気があり、技術的に優《すぐ》れている人が望ましい。俺が言える立場じゃないけどね。

「ぴんと来る人じゃないと嫌だな。あんまり妥協《だきょう》はしたくない」

芹香は率直《そっちょく》に言う。まあ俺と岩野先輩は芹香が直接誘《さそ》ったわけだからな。

「僕はぴんと来たんですか？」

「最初はあんまり。でも、一緒に演奏したらぴんと来た」

というか最初は存在にぴんと来てなかった、と言いかけていた芹香の口をふさぐ。

悪戯《いたずら》に鳴の心を傷つけるのはやめろ！　悪気がないのは知ってるけど！

「じゃあ、とにかくまずは人探しだね」

「……その前に、いいか？」

気は重いが、言っておかなければならないことがある。

俺たち四人が集まったのは、かなり奇跡《きせき》的な出来事だ。芹香のカリスマがあってのことはいえ、たまたま同時期にベースとドラムをできる余り者がいたのだから。

それに前回までと違うのは、期限付きじゃないという点だ。そして目的がない。少なくとも、今のところは明確じゃない。前回は文化祭まで、そして文化祭で最高のライブをするという明確な期限と目的があった。だから、みんな同じモチベを継続《けいぞく》できた。

今回はそうじゃないから、課題は山積みだろう。

何を目指すのか、練習頻度や時間はどうするのか、勉強やバイトとの優先順位は？

その辺りの意識に差があると、きっとバンドには亀裂《きれつ》が入る。

だから新しいメンバーを探す上でも、そこはある程度決めておくべきだ。

――という俺の説明に、鳴と芹香は納得《なっとく》したように頷く。

「確かに、そうだよね」

「……まあ、プロを目指しているわけじゃありませんからね」

現実的な問題として、俺たちには学業があり、バイトだってある。

俺だって文化祭までのように、何よりも優先して、というわけにはいかない。

「そっか、二人はそうだよね」

さっきまで嬉《うれ》しそうだった芹香は、神妙《しんみょう》な表情でぽつりと呟《つぶや》いた。

寂《さび》し気《げ》な目をしていたが、だからと言って嘘《うそ》はつけない。これが現実だ。

俺の目的は虹色の青春だ。音楽は、そのための手段のひとつであって目的じゃない。

鳴も先ほど言ったように、別にプロを目指しているわけじゃない。

でも芹香は違う。芹香の才能は、こんな高校生バンドで収まるようなものじゃない。

だから芹香と俺たちの意識の差は、ここで示しておいた方がお互いのためだ。

「……少しだけ、考えるよ。私が、どうしたいのかを」

俺の考えが伝わったのか、芹香は窓の外を見ながら呟いた。

＊

虹色の青春とは何だろう、といつも考えている。

目的は明確にした方がいいと芹香に語りながら、これではお笑《わら》い種《ぐさ》だ。

あの文化祭ライブは、その直後の陽花里とのやり取りは、きっと俺が求めていた虹色の青春だったように思う。だが、なぜか今は目的から遠ざかっているように感じる。

大好きな星宮陽花里と付き合うことには成功したはずなのに。

俺が理想とする青春にはない、現実的な問題と向き合っているから……なのか？

グループの問題も、バンドの問題も、分かりやすい解決策などない。そもそも問題ですらないのかもしれない。普通《ふつう》に生きていれば、こんな悩みはいくらでもある。

俺はずっと曖昧《あいまい》なものを探している。心の奥《おく》で思い描いている何かを探している。

憧《あこが》れていたみんなと友達になりたかった。惚《ほ》れた女の子と付き合いたかった。何か夢中になれるようなものが欲しかった。そして、充実した毎日を過ごしたかった。

それだけなら、俺はすでに目的を達成している。

その過程で発生した多少の現実的な問題なんて、仕方ないことだ。

じゃあ、いったい何が足りないんだ？

そもそも、俺が虹色の青春を望んだきっかけは、何だ？

無為《むい》に灰色の青春を過ごして、後悔するよりも前。最初に高校デビューを決めた時。

俺が欲しいと思っていたものは——

『ほら、行くよ夏希！　あの山の上まで勝負だ！』

不意に蘇《よみがえ》ったのは、幼い頃《ころ》の記憶《きおく》だった。

男子みたいなショートヘアの美織が、俺を追い抜《ぬ》かして駆け出していく。

待てよ、と俺は言って、その背中に必死についていって——

「——おい、灰原。起きろ。そしてこの問題に答えろ」

教師の声と、頬《ほお》に生じた痛みで、俺はようやく現実に戻ってきた。

瞼《まぶた》を開いて顔を上げると、教壇に立つ数学の村上先生が俺のことを睨《にら》んでいる。

それ以外にもクラス中の注目が俺に集まっている。隣《となり》を見ると、俺の頬を指でつついたのは陽花里のようだった。なぜか、妙《みょう》に冷たいジト目を向けてくる。

「ようやく起きたか」

村上先生は、呆れたようにため息をついた。

「えーっと、おはようございます」

「舐《な》めてるのかお前は？　いいから問題に答えろ」

どうやら授業中の問題解答で俺の順番が回ってきていたらしい。

黒板には数学の問題がいくつか書き記され、俺の前席の岡島くんと、前々席の藤原《ふじわら》が黒板の前に立ってチョークを握《にぎ》っている。どうも俺がやるのは最後の問題っぽいな。

村上先生にペコペコと頭を下げつつ、黒板に問題の答えを書く。

一年生にしては結構難しい問題なのだろう。おお、と教室がどよめいた。

「まったくお前は……大して授業も聞いていないくせに……」

呆れた顔をしている村上先生には申し訳ないけど、高校生活二周目なので……。

分からないふりをしてもよかったけど、寝《ね》ていたから余計に怒《おこ》られそうでやめた。

村上先生に謝《あやま》りながら席に戻ると、なぜか陽花里の機嫌《きげん》が悪そうだ。

冷たい目で俺を一瞥《いちべつ》して、その後はそっぽを向いている。

「お、俺、何かしたっけ……？」

「……何の夢見てたの？」

陽花里は小声で問い返してきた。

夢？　……何の夢だっけ？　確かに、何か夢を見ていたような気もする。

でも思い出せない。

というか、俺の夢と陽花里の機嫌にどういう関係が？

「……なんか、怒ってない？」

「別に、怒ってない」

で、出たーっ！

女の子特有の怒ってるけど怒ってないって言うやつだ！

いったい俺は何をやらかしたんだ……鈍感《どんかん》だから察することもできねえ……。それはそれとして頬を膨《ふく》らませて露骨に『怒ってます！』アピールをする陽花里かわいい……。

「……寝言《ねごと》で、美織ちゃんの名前、呼んでたけど？」

反応に困って大人しく授業を聞いていたところ、ふと陽花里が呟いた。

あ、あー……なるほど、そういう？

そういえば、そんな夢だったような……？

過去の記憶を彷徨《さまよ》うような夢の中で、美織の名前を呼んだ気がする。

それが、どうやら陽花里に聞こえていたらしい。

寝言で他の女の名前を呼ぶなんて、彼女《かのじょ》としては良い気分じゃないだろう。

「あー……その、ごめん」

「別に。謝る理由、ないでしょ」

つーんとした陽花里の言葉は正論だが、謝罪以外にできることがない。

どうしよう。困り果てていると、陽花里はふっと口元を緩《ゆる》めた。

「……冗談《じょうだん》だよ。そんなに、怒ってない」

頬杖をつきながら、こちらを見て、面白がるようにくすくすと笑う。

心臓に悪い冗談はやめてもらえませんかね？　まあ俺が悪いんだけどね……。

「でも気になるな。どんな夢だったの？」

「小さい頃の夢だな。美織たちと遊んでいた時の記憶だった」

あの頃は、友達四人でつるんでいた。

美織の思いつきで、遊びの内容を決めていた。

俺はあいつの名前を呼びながら、いつも背中を追いかけていた。

夢に見たのはそんな日常の一幕で、俺にとっては、はるか昔の出来事だ。

「そっか。幼馴染だもんね」

陽花里は、納得したように頷《うなず》く。

「夏希くんの小さい頃の話かぁ……今度、詳《くわ》しく聞きたいな」

「……大して面白い話じゃないぞ？」

「それでも、だよ。夏希くんって、あんまり自分の話しないでしょ？」

陽花里の言葉に、虚《きょ》を突かれる。

俺が自分を語らないのは、過去の自分を好きになれないからだ。それとタイムリープしている事実を人に話せない以上、語れることが少ないのもある。

とはいえ恋人《こいびと》が自分に興味を持ってくれるのは嬉しいことだった。

俺も星宮陽花里という少女のことを、もっと知っていきたいと思っている。

そんな風に小声で話していると、村上先生の視線を感じたので、慌《あわ》てて陽花里から距離を取って教科書を見る。成績が良いだけの不真面目な生徒でごめんなさい……。

＊

放課後になったので、鞄《かばん》を持って教室を出る。

今日はバイトがあるので、部活（バンド活動）はない。

それに、芹香がまだ今後を考えている最中なので、しばらく自主練の予定だ。

「うー、さむさむ」

雨が降っているせいか、やたらと冷える。

そろそろコートの出番かもしれないな……と思いつつ、玄関《げんかん》を出て傘《かさ》を差した。

部活がないので駅まで陽花里と一緒《いっしょ》に帰ろうかとも思ったのだが、今日は陽花里に文芸部の活動があるらしい。なかなかタイミングが合わなくて悲しいぜ……。

「……あの、灰原くん」

後ろから声をかけられ、振《ふ》り向く。

そこにいたのは隣のクラスの女の子だった。

名前は確か……三輪さん。たまに話しかけられるので、名前は憶《おぼ》えている。

落ち着いた雰囲気の子で、話していると心地《ここち》が良い。

「おっ、三輪さん。どうしたの？」

「えっと……灰原くんも、今帰りなの？」

「そうだよ。これからバイトなんだ」

「そ、そうなんだ。駅前でバイトしてるんだったっけ？」

おっかなびっくりといった感じの三輪さんの言葉に、俺は頷く。

「そうそう。喫茶《きっさ》マレスってとこ。雰囲気良いし、コーヒー美味《うま》いからお薦《すす》めだよ」

知らない間にペラペラと喋《しゃべ》れるようになったなぁ（自画自賛）。

やはりコミュニケーションは経験値なのか。

文化祭でライブをやってから、話しかけられる機会がだいぶ増えたからな……。

「よ……よかったら、バイト先まで、一緒に帰っても、いいかな？」

三輪さんは知らない仲じゃないけど、友達と呼べるほどの関わりはない。

それでも俺に話しかけてくる目的は、自意識過剰《かじょう》じゃなければ何となく分かる。

だからこそ対応が難しい。

なぜなら、今の俺には恋人がいるから。

……流石に、女の子と二人きりで帰るのはよくないよな。

同じバイト先に通う七瀬ならともかく、そういった事情もないのに。

そんな俺の躊躇《ためら》いを察したのか、三輪さんが泣きそうな顔になる。

「……あの、星宮さんと付き合ってるって、本当なの？」

そんな顔をさせたいわけじゃなかった。俺は、こんな俺なんかのことを好きになってくれる人に、できるだけ優《やさ》しく接したいと思っていた。でも物事には優先順位がある。

俺にはどうしようもない。

少なくとも今は、頷くことしかできない。

「……そっか。ごめんね。困らせるようなこと言って」

「……いや、そんなことは」

「ほんとはね、分かってたんだ。クラスで噂も流れてたし、ライブの時の曲名も、あからさまだったし……でも、直接聞いてみないと、諦《あきら》められなくて」

三輪さんはぽろぽろと涙《なみだ》を零《こぼ》している。その姿が、あの日の詩と重なった。

「分かってたと思うけど……好きだったの。灰原くんのこと」

「……ありがとう。嬉しいよ」

俺に返せる言葉はそれしかないと、三輪さんも分かっているのだろう。

涙をごしごしと袖《そで》で拭《ぬぐ》って、目元を腫《は》らしながらも笑顔を見せて、告げる。

「さよなら」

三輪さんは雨の中を駆け出していく。折り畳《たた》み傘《がさ》を持っているのに、差さずに飛び出してしまった。風邪《かぜ》を引きそうで心配にはなるけど、俺に止める権利はない。

思わずため息をついた。他人の好意は、嬉しいけど重い。

モテたいと思っていたけど、悲しい顔ばかりさせているような気がする。

そういう意味でも、陽花里と付き合ってよかったかもしれない。

陽花里と付き合っていることが、これからもっと広まっていくだろう。

彼女がいる男だと認識《にんしき》されたら、恋愛《れんあい》対象から外れると思う。

――これでいい。俺が応えられる好意は、陽花里のものだけなんだから。

傘を差す。雨の中を歩き出した。

今日のバイトは二十一時まで。シフトは俺と桐島《きりしま》さん。

常連さんがよく来店する曜日なので、頑張らないといけないな。

＊

無心に料理を作っていた手を止め、一息つく。

「ね、ついに彼女できたんでしょ？　よかったじゃーん」

店内が落ち着いてきたタイミングで、桐島さんが話しかけてきた。

「まあ……というか、誰《だれ》から聞いたんです？」

「ん？　篠原《しのはら》くんとか唯乃《ゆいの》ちゃんが普通に話してたけど」

そういえば昨日は桐島さん含《ふく》めてその三人のシフトだったか……。余計なことを。桐島さんに知られると対応が面倒臭いんだよ。騒《さわ》ぎ立てるからね、この人。

「……で、どうなん？　もうヤッたの？」

「女性とは思えない質問やめてくれません？」

ニヤニヤしながら耳元に顔を寄せてきたから何かと思えば、これだ。

「あらら。女の子に夢見過ぎじゃない？」

夢ぐらい見させてくれよ！　こちとら童貞《どうてい》男子なんだよ！　と内心で思いつつ、桐島さんに余計な情報を与《あた》えるとさらに面倒なので、あくまで冷静に対応する。

「……まだ何もしていませんよ。健全な付き合いなので」

「へぇー。てか付き合ってどんくらい経《た》ったの？」

「一週間しか経ってませんよ」

「うわ！　アツアツの時期じゃん！　いいな～」

あたしにもそんな時期あったなぁ……と、遠い目で昔を振り返る桐島さん。

この容姿でこの性格だし、恋愛経験豊富なんだろうな。今も恋人がいるはずだ。

「てか写真見せてよ写真！」

ウザ絡《がら》みしてくる桐島さんの圧に負け、陽花里とのツーショットの写真を見せる。入学したばかりの頃に撮《と》った写真だ。そういえば恋人になってからまだ撮ってないな……。

「え！　めっちゃ可愛《かわい》い！　ヤバすぎなんだけど！」

きゃっきゃと騒ぐ桐島さん。興奮のあまり声が大きくなっている。

まあ実際可愛いから仕方ないけどね。この子が俺の恋人です。フフフ……。

その時、ギィ、と音を鳴らして店の奥の扉が開いた。

控《ひか》え室《しつ》から店長が顔を出し、にこりと微笑《ほほえ》んで再び扉を閉める。

「……いや、何か言ってくれませんか？　怖《こわ》いんですけど。

桐島さんも同じ感想を抱いたのか、青い顔で黙々《もくもく》と掃除《そうじ》を始めた。

しばらく無言で掃除をした後、すすす、と音もなく俺の傍《そば》に近寄ってくる。

「……で、キスはしたの？」

いや、懲《こ》りてないのかよ。まったく、この人は……。

俺の微妙《びみょう》な戸惑《とまど》いから察したのか、「あ、したんだ」とからかってくる。

「いいなぁ、幸せそうで」

「……そういう桐島さんだって、彼氏《かれし》がいるじゃないですか」

単なる相槌《あいづち》のつもりで返した言葉だったが、桐島さんはうめき声を漏《も》らす。

「……うっ、一昨日、フラれました」

めちゃくちゃ直近の出来事じゃん……。

急にどんよりとした空気を纏《まと》い始める桐島さん。ふ、触《ふ》れづらすぎる。

「い、いいんだ、別に。気を遣《つか》わなくても大丈夫だよ、うん。なんか元から、都合の良い女扱《あつか》いされた気もするし……別れたって、別に気にしてないし……はぁ……」

気にしていない人は涙目《なみだめ》にならないと思うんですよ。口には出さないけども。

「あたしも夏希ちゃんみたいに新しい恋《こい》、探さなくちゃな〜」

桐島さんは窓枠《まどわく》に頬杖をつきながら、遠い目をする。

「……そういえば夏希ちゃんは、あの子が初めての恋人なの？」

俺が頷くと、桐島さんはどこか羨《うらや》ましそうな瞳《ひとみ》で見つめてくる。

「続くといいね。あたしの初彼氏は二週間で蒸発したけど」

「反応し辛《づら》い応援《おうえん》の仕方やめません？」

桐島さんの自虐《じぎゃく》ネタ、あまりにも豊富すぎる。

タイムリープした俺よりもはるかに人生経験がありそうだ。

「そうだ！　初彼女ができた夏希ちゃんに、お姉さんが恋愛のコツを教えてあげるよ」

「……それは純粋《じゅんすい》にありがたいですね。恋愛、何も分からないので」

「でしょでしょ！　だったら、あたしを頼《たよ》りなさい！」

「桐島さんは恋愛経験豊富なんですか？」

「そうだよ！　いつも結婚《けっこん》を前提にお付き合いして、今の彼氏で四人目……ごめん、もう今の彼氏じゃないんだった……あれ？　何の参考になるんだろう……？　もしかしてあたしって四回フラれてるだけ……？　れ、恋愛のコツって、いったい何……？」

「自分で言い出したのに闇落《やみお》ちしないでください」

俯《うつむ》いてぼそぼそと独り言を言っている桐島さんの肩を揺《ゆ》らして復活させる。

「ごめんね夏希ちゃん……あんまり参考にならないかも……」

「恋愛経験皆無《かいむ》な俺からしたら、どんな意見でも十分参考になりますよ」

「本当？　じゃあ、何でも聞いてよ。彼女さんとの間で、何か悩《なや》みでもあるの？」

「……まあ……何というか、アレなんですけど……」

多分、桐島さんが思っているよりも、もっと根本的な悩みだ。

「……恋人って、何すればいいんですかね？」

何とかその問いかけを絞《しぼ》り出すと、桐島さんは驚《おどろ》いたように目を見張る。

「……は、はぁ？」

そりゃそういう反応になる。でも、本音なんだよね。

「何って、普通に、デートとか？　イチャイチャしたりとかじゃない？」

「デートって、例えばどんなことしてました？」

「んー、わたしは買い物好きだから、よく連れ回してたけど。後は、映画だったり遊園地だったり水族館だったり、他にもカラオケとか、観光に行くのも楽しいよねー」

「なるほど……」

「普通に、家でごろごろしてるのも楽しいけどね。家デートってやつ？　家だったら存分にイチャつけるし。てか、どこだって、一緒にいるだけで楽しいもんじゃないの？」

だから恋人になったんでしょ、と桐島さんは語る。

確かにその通りだ。俺は陽花里と一緒にいられるなら、それだけでいい。

「何？　デートに誘う場所がなくて困ってたとか、そういうやつ？」

「まあ……そんなところです。この前は映画を観に行ったんですけど、次は何に誘えばいいのか、どんなことをすれば恋人っぽいのか、よく分からなくて……」

ふむ、と桐島さんは俺の言葉を吟味《ぎんみ》するように相槌を打つ。

「……夏希ちゃんに行きたいところがないなら、相談すれば？　彼女さんがどんな子なのか知らないけど多分、彼氏と一緒に行きたいと思ってる場所、結構あると思うよ」

ひどく優しい声音《こわね》だった。

諭《さと》すような口調は、いつもより大人びている。

「それに、恋人っぽさなんて気にする必要ないよ。一対一の関係なんだから、二人の居心《いご》地《ち》の良さが大事でしょ。他の人がどう思うかなんてさ、どうだっていいじゃん？」

初めて、桐島さんに年上らしさを感じたような気がする。

……いや本当は俺の方が年上なんだけど、恋愛に関しては小学生レベルなので。

「そうですね……ありがとうございます」

桐島さんの言葉は、すっと胸に染《し》み渡《わた》っていった。

ひとりで悩んでも仕方がない。陽花里と相談して決めていけばいい。

変に格好つけたところで、恋愛経験がないのはどうしようもないのだから。

「あはは、もしかして役立った？　珍しく真面目な話しちゃったな」

照れたように笑う桐島さん。恥《は》ずかしいのか、頬が少しだけ赤くなっている。

「お会計いいですか？」

「あ、はーい！　少々お待ちください！」

常連さんに呼ばれ、桐島さんはぱたぱたとレジへ向かう。

その後ろ姿を見ながら、ふと思う。どうしてこんなにも容姿が良く、性格も良い桐島さんが、四回も恋人にフラれているんだろうな？

などと考えた俺の脳裏《のうり》を過《よぎ》ったのは、先ほどの言葉。

『そうだよ！　あたしは結婚を前提にお付き合いしたいのに、今の彼氏で四人目……ごめん、もう今の彼氏じゃないんだった……あれ？　何の参考になるんだろう……？　もしかしてあたしって四回フラれてるだけ……？　恋愛のコツっていったい何……？』

あっ……もしかして、重いのかな……。

何なら確信すら抱いたが、触《さわ》らぬ神に祟《たた》りなしと人は言う。

俺にできるのは、桐島さんの新しい恋が良いものになればいいと祈《いの》ることだけだ。

＊

バイト先からの帰り道を歩く。駅までは五分程度だ。

今日のバイトは前半こそ忙《いそが》しかったが、後半は雑談しているだけだったな。

テンションが乱高下する桐島さんの世話でだいぶ疲弊《ひへい》したけど。

その分、得るものもあった。やはり人生経験を積んでいる人は違《ちが》う。

俺？　俺は無為に歳《とし》だけを積み重ねていっただけなので……。

「……あれ？」

駅の中に入り、改札を通ったタイミングで、見覚えのある後ろ姿に気づく。

「ね、これ可愛くない？　最近流行《はや》ってるみたいでさー」

黒い髪《かみ》のポニーテール。華奢《きゃしゃ》な体躯《たいく》には俺と同じ制服を着て、背中にはリュック、肩《かた》には部活用のエナメルバッグを掛《か》けている。部活帰りと思《おぼ》しき女子生徒だ。

「いいね。美織に似合うと思うよ」

そんな彼女の隣を、爽《さわ》やかな雰囲気《ふんいき》を纏う細身の男子生徒が歩いている。

本宮《もとみや》美織と、白鳥《しらとり》怜太だった。

一瞬《いっしゅん》声をかけようかとも思ったが、二人の時間を邪魔《じゃま》するのも野暮《やぼ》だろう。

たまに美織が怜太の脇腹《わきばら》を小突《こづ》いたりして、楽しそうに話している。

それにしても、部活終わりに一緒に帰ったりしてるんだな。そりゃそうか。付き合っているんだもんな。こうして目の当《ま》たりにするまで、あまり実感が湧《わ》いていなかった。

『じゃあ、ここで私たちの協力関係は終了《しゅうりょう》。パートナーは解消だね』

ふと、文化祭二日目の夜に交《か》わした美織との会話を思い出す。

あの時の美織に感じた妙な不安定さは、気のせいだったのだろうか。

少なくとも怜太と話している美織の笑顔《えがお》には、何の憂《うれ》いもないように見える。

「……気にしすぎか」

パートナーの解消には驚いたが、美織は当然のことしか言っていない。

必要がなくなったものを続ける意味はない。それだけの話だ。

自販機《じはんき》に立ち寄り、ブラックのコーヒーを買う。

ここで遭遇《そうぐう》すると俺と美織が同じ電車になって、怜太がひとりで帰ることになる。

それは正直微妙だと思うので時間を潰《つぶ》すことにした。

俺に恋人ができて、友達にも恋人ができて、気にかかることが増えたと思う。

良《よ》し悪《あ》しはともかく、時間の経過とともに人間関係は変わっていく。

口をつけた缶《かん》コーヒーは、いつも通り大して美味くもなかった。

＊

翌日のホームルームは、普段《ふだん》より賑《にぎ》やかだった。その理由は新しいイベントである。

「球技大会の日程だが、来週の水曜日に決定した。今日から球技大会までの体育は各種目の練習に当てられるらしい。うちのクラスが優勝できるように頑張《がんば》ってくれ」

よっしゃ、とサッカー部の岡島くんが陽気な声を上げる。

球技大会か。そういえばうちの高校はこの時期に開催《かいさい》だったな。

「何の種目があるんだっけ？」

「確か、バスケ、サッカー、バレー、ドッジボール、卓球《たっきゅう》だったかな」

隣の陽花里が小声で尋《たず》ねてきたので、思い出しながら答える。

ドッジボールのみ男女混合で、他は男女別となる。一人最大二種目。人数の関係で、男子がサッカーを選んだ場合は女子がバスケとなり、逆もまた然《しか》りだ。

「夏希くん、詳しいね」

そりゃ三年間やっていたので詳しくもなりますよ。

「うーん……わたしは卓球かなぁ？　それ以外だと足引っ張っちゃうし……」

と、悩む陽花里。そういえば卓球が一番得意だとスポーチャの時に言ってたな。陽花里の致命的《ちめいてき》な運動神経の悪さを考えると、得意な卓球に出るしかないかもしれない。

「いいんじゃないか？」

「夏希くんはどうするの？　やっぱりバスケ？」

「まあバスケが一番得意だけど……」

バスケやサッカーのような競技は、その種目の部活動に所属している人はひとりまでという制限がある。ぶっちゃけ一周目バスケ部だった俺《おれ》がバスケに出るのは、若干《じゃっかん》反則感がなくもない。まあ中学の経験者とかは普通に出られるから、別にいいのかな。

「夏希くんがバスケしてるところ、また見たいな」

「分かった」

よし、俺はバスケに出るぞ！

ルールがどうとかそんなのは知らん。陽花里の期待に応えるのだ！

そもそも虹色《にじいろ》の青春の探求者としては、この手のイベントは全力で取り組みたい。

優勝を目指すためには、バスケに出た方がいいのは間違《まちが》いない。

「球技大会では、各種目の順位にポイントがつけられる。そのポイントの合計点で各クラスの順位が決まる。優勝すれば俺が職員の飲み会で威張《いば》れるから、頑張ってくれ」

余計なことを付け足す担任教師。

教室中から「ええ～」と嫌《いや》そうな声が上がる。

「クラス対抗戦《たいこうせん》なんだね。わたしも頑張らないと」

むん、と両拳《こぶし》を握り込《こ》み、気合を入れる陽花里が可愛い。

一周目の三年間は余ったところに放《ほう》り込まれていたので、俺はだいたい必要人数が多いドッジボールに出場していたが……今回はバスケに出場できるだろうか？

「後で、球技大会の実行委員をひとり決めておいてくれ」

担任教師はそれだけ言ってホームルームを終了し、教室を去った。

実行委員は藤原あたりがやるだろうなぁ……と思いながら、教室を見る。

わいわいがやがやと、球技大会の種目決めの話で持ち切りだった。

各々《おのおの》の出たい種目の話で盛り上がっている。

「夏希はバスケ出るの？」

話しかけてきたのは怜太だ。いつもの面子《メンツ》が俺の席に集まってくる。

「男子がバスケになるなら、そのつもりかな」

「優勝狙《ねら》うなら、その方が良さそうだよね。うちには竜也もいるし」

実質バスケ部二枚態勢だ。ここに怜太や日野のような運動神経抜群《ばつぐん》な面々が入ってくれるなら、一年生とはいえ優勝も夢じゃない。もちろんクラス全体の意見次第《しだい》だが。

「怜太はサッカーじゃなくていいのか？」

「どっちでも構わないかな。サッカーなら僕《ぼく》が仕切れるし」

怜太とそんな会話を交わす。

七瀬が、憂鬱《ゆううつ》そうな顔でため息をついた。

「気が乗らないけれど……私はどうしようかしら」

「あはは、ユイユイはあんまり運動好きじゃないもんね」

「詩ちゃんは？　バスケ？」

「うん！　……って言いたいけど、うちは男子がバスケの方が強そうだよね」

クラス全体を見渡《みわた》し、難しい顔で詩が言う。

「まあサッカーもドッジボールも好きだから、決まった種目を頑張るだけかな！」

「私は詩と同じ種目で、陰《かげ》に隠《かく》れていようかしら……」

「ちょっとユイユイ！　一緒のチームなのは良いけど頑張ってよ！」

そんな感じの会話をする詩と七瀬を見て和《なご》んでいると、とんとんと肩を叩《たた》かれる。

振り返ると、そこにいたのは藤原だった。

藤原が俺に話しかけてくるのは割と珍《めずら》しいな。

「灰原くん、実行委員やらない？」

何を言うかと思えば、思考の外にあるような発言だった。

「……え、俺？」

目を見開きながら自分を指差すと、藤原はいつもの冷静な表情で頷く。

「藤原がやってくれるんじゃないの？」

「そのつもりだったけど、学級委員との兼任《けんにん》はできないみたい」

藤原は肩をすくめる。そういえば学級委員だったか。そんなルールあるのかよ。

「だとしても、なんで俺？　怜太がいるだろ」

「僕がやってもいいけど、確かに夏希の方が適任じゃない？　ねえ、みんな」

怜太が周りに意見を求めると、なぜかみんなが賛成する。

「……なんで？」

首をひねると、藤原と怜太が視線を合わせて交互《こうご》に言う。

「球技大会実行委員って、クラスをまとめるリーダーの役割もあるでしょ？」

「夏希がやるなら、みんな納得するよ」

「いや、そんなことないだろ……なぁ、みんな」

クラスのみんなに話を振ると、なぜか全力で反論を受けた。

「いや、むしろお前しかいないだろ」

「他のクラスも灰原のクラスって認識してるぞ」

「灰原くんがまとめてくれたら、みんなやる気出るんじゃない？」

「ぶっちゃけ俺以外なら誰でもいいから賛成する」

おい最後のやつは本音すぎるだろ！

くそ、一斉《いっせい》に言われすぎて誰の発言だか分からねえ……。

「分かった。俺がやるよ、そこまで言うなら」

……さておき、こんな空気になってしまうと引き受けざるを得ない。

ま、まあ多分文化祭の盛り上がりが後を引いているんだろうけど、クラスのみんながここまで言ってくれるのは純粋に嬉しいし？　これもまた青春っぽい気もするし？

俺がドヤ顔をしていると、藤原が楽しそうに笑って怜太とハイタッチした。

「あはは、灰原くんチョロいんだけど」

「夏希はあれで、意外と褒《ほ》められ慣れてないから」

「……おい、もしかして俺を嵌《は》めたのか？」

微妙な顔で藤原を睨むが、「別に嘘《うそ》は言ってないよ」と苦笑《くしょう》する。

「灰原、雑用押《お》し付けられてんじゃん」

日野が近寄ってきて俺の肩を叩く。やっぱり雑用なのかよ！　俺だって実行委員のやることなんかだいたい雑用じゃねってうっすらとは思ってたよちくしょう！

「球技大会って一日だけだし、実際そんなにやることないから。文化祭の実行委員に比べたら余裕《よゆう》だよ。クラスのまとめ役と、後は準備とか手伝うだけだし」

藤原のフォローが入る。嵌めた後に優しくしやがって……。

「睨まないでよ。本当に、灰原くんが適任だって思っただけだから」

「……じゃあ、別にやるけどさ」

俺が嫌そうな声で答えると、周辺でどっと笑いが起こる。

「頑張れ、夏希くん」

隣の陽花里が、ニコニコしながら応援してくる。

「ま、手伝えることなら僕も手伝うからさ」

怜太がそう言ったタイミングで一時限目開始の鐘《かね》が鳴り、みんな慌てて席に戻《もど》る。

相変わらず話をまとめるのが上手《うま》いな、怜太は……。

＊

四時限目の現代文が教師の都合で半分自習となったので、これ幸いと球技大会の種目決めに使わせてもらうことにした。優しいと評判な美登《みと》先生は快諾《かいだく》してくれた。

実行委員なので、仕方なく教壇《きょうだん》の上に立つ。

クラス中の視線が俺に集まった。緊張《きんちょう》するかと思ったが、意外としないな。まあ文化祭の時は今の比じゃない人数の視線があったから、感覚が麻痺《まひ》したのかもしれない。

「じゃあ書記やるよ」

怜太が席を立ち、黒板の前でチョークを手に取る。

本当に手伝ってくれるのかよ。流石《さすが》は怜太。助かるぜ……。

「じゃあ、種目決めていくか」

とりあえず宣言すると、「はーい」と間延びした返事があった。

何も言わずとも、怜太が球技大会の各種目を黒板に書き出していく。

「まずサッカーとバスケ、男女どうする?」

そう問いかけると、クラスの意見が盛大《せいだい》に割れる。

「まあ多数決で決めるしかないんじゃないかな」

隣《となり》の怜太から意見があったので、挙手制で多数決を取って決定する。

その結果、男子がバスケで女子はサッカーになった。サッカー部の岡島くんが頭を抱《かか》えて嘆《なげ》いている。なんか俺がバスケをやりたがっていると知って、忖度《そんたく》してくれた人がいるんじゃないかって疑惑《ぎわく》はちょっとあるんだよな。流石に自意識過剰かもしれない。

「夏希。次はどうする？」

考え込《かんが》んでいた俺を怜太が促《うなが》してくれる。

そうだよな。俺が仕切っているんだから、俺がぼうっとしていたら話が進まない。

まとめ役の経験がないから、基本的なことにも気づけない。

怜太はそんな俺のフォローをするために書記を申し出てくれたのかな。

「えーっと、それじゃ、サッカーから、出たい人は手を挙げてください」

たどたどしい口調で、司会進行していく。

不慣れで恥ずかしいが、逃《に》げ出すわけにもいかない。

何か気になる点があれば、横の怜太が指摘《してき》してくれるだろう。

——そんなこんなで、種目ごとの出場メンバーは滞《とどこお》りなく決まっていった。

人気があるのはドッジボールやサッカー、バスケ、バレーあたりだったが、それも話し合いで譲《ゆず》り合ったり、じゃんけんで決めたりして、特に問題は起こらなかった。

俺が出場するバスケのメンバーは、竜也、怜太、日野、岡島くんの四人だ。言うまでもないが竜也はバスケ部のエース格、そして怜太と岡島くんはサッカー部、日野は唯一《ゆいいつ》の帰宅部だが、運動神経抜群だ。期せずして理想的なメンバーが揃《そろ》ったな。

普段の面子では、陽花里が卓球、詩と七瀬がサッカーで本人たちの希望通りだ。

ちなみに詩や竜也、怜太はドッジボールにも出場が決まった。普通《ふつう》に振り分けると若干人数が足りないので、五、六人は二種目に出場する必要があるんだよな。

「他に何かあるか？　なければ、これで決定しまーす」

順調に種目決めが終わったので、余った時間は自習に戻った。

しかし教師が不在のため、みんな種目決めの時のテンションで雑談している。

球技大会のやる気がある人たちは今しがた決定したチームの話を、興味がない人たちはドラマやゲーム等の話をしている。ちぐはぐだが、そんなものだろう。

この手のイベントで、変に一致《いっち》団結とか強制させるのは好きじゃなかった。そういうとやると俺が浮《う》くので……うっ、過去の記憶《きおく》が脳裏を過る。去れ！　消えろ！

何にせよ、頑張りたいやつだけが頑張ればいい。

俺にできることは、頑張りたいと思えるような環境《かんきょう》を作ることぐらいだろう。

＊

放課後になり、教室内は一気に弛緩《しかん》した雰囲気になる。

さっさと帰る面々、雑談する面々、部活に向かう面々と分かれる中、俺だけが別の行事に向かわなければならなかった。球技大会実行委員会の会議があるらしい。

やっぱり面倒臭《めんどうくさ》いこと増えるじゃん、藤原め……。

まあ今日はバイトもないし、どうせ暇《ひま》だからいいけどさ。

担任から連絡《れんらく》された教室へ向かう道中、先を歩く人影《ひとかげ》があった。

「美織？」

黒髪《くろかみ》ポニーテールの女子生徒に話しかけると、やはり予想通りの人物だった。

美織はこちらを振り向いて、「げ」と嫌そうな顔をする。何でだよ。そういう過去の記憶を呼び起こすような表情はやめてほしい。実は俺、話しかけるだけで人を嫌がらせることができたんだよね……。最近はそんなこともないので、大変嬉《うれ》しいんですけど。

「……もしかして、あなたも実行委員？」

「そうだけど。何だ、お前も押し付けられたのか？」

「……不本意ながら、決める時に寝《ね》てたら私になってた……くそぉ……」

とても不機嫌《ふきげん》そうな顔で唸《うな》る美織。

「そりゃ自業自得《じごうじとく》だな」

「部活にも遅《おく》れるし……最悪だよ……」

ぶーぶーと文句を垂れる美織の隣に並んで、廊下《ろうか》を歩く。

話したのは、あの電話が最後だった。クラスが違うのであまり会う機会はなく、パートナーじゃなくなって、電話をする理由もない。だから、少しだけ気まずい。

「……」

「……」

無言の時間に耐《た》えきれなくなって、俺は話題を探した。

「怜太とは、どうなんだ？」

「……どうって、何？　喧嘩《けんか》でもしてるように見える？」

「いや。昨日、帰《かえ》り道に駅で見かけたけど、順調そうに見えたよ」

美織はなぜか驚いたような顔で、「……いたの？」と尋ねてきた。

「ちょうどバイトの帰りだったから」

「……ふうん。話しかけてくれてもいいのに」

「いやいや、怜太と二人きりのところを邪魔はできないよ」

「そういうこと気にするんだ。あなたのくせに、空気読めるんだね」

「うるさいな。俺だって、そのぐらいなら分かるよ」

普通の会話。しかし、なぜか隣を歩く美織との距離《きょり》が遠く感じる。口調や表情、雰囲気の問題だろう。今までのように、俺に寄り添《そ》ってくれるような感じがない。かと言って突《つ》き放《はな》すような感じでもないが、美織自身も困っているように見える。

「……」

「……」

パートナーじゃなくなった俺たちは、どうにも距離感を掴《つか》み損《そこ》ねている。

「……そういうあなたは、どうなの？」

「どうって、何が？」

「陽花里ちゃんと、上手くやっていけてるの？」

「まあ……それなりに？　多分、おそらく、きっと……」

「なんでそんなに曖昧《あいまい》なの」

俺がそう思っているだけという可能性もあるので……。

「そもそも、まだ付き合って一週間だしな。一回デートしたぐらいだよ」

「私だって、そんな感じだよ。どうって聞かれても……困る」

拗《す》ねたように呟《つぶや》く美織をまじまじと見る。

いつもは頼れるパートナーだった美織が、初めて小さく見えた気がする。

「……何？」

美織は俺の視線を受けて、嫌そうな顔で身じろぎした。

「そういえばお前って、怜太が初彼氏だっけ？」

「……そうだけど。何？　文句ある？」

俺の問いかけに、美織は不機嫌そうな口調で応答する。

何となく恋愛経験豊富だと思《おも》い込んでいたが、違ったのか。

まあ確かに中学の時も、モテていた割に彼氏の噂《うわさ》は聞かなかったもんな。

そのくせ男のこと分かってますみたいな態度だったのは、いつもの強がりか。

美織はそういうところがある。見栄《みえ》と虚勢《きょせい》を張って、ひとりで困るようなところが。

「じゃあ、立場は俺と同じなんだな」

「……その言い方、嫌なんだけど。一緒《いっしょ》にしないでよ」

ちょっと恥ずかしいのか、顔を赤くしている美織。可愛いなこいつ……。

「でも、納得《なっとく》したでしょ？」

「……何が？」

「私が、もう協力関係やめるって言った理由」

美織は、一拍《ぱく》置いてその言葉を口にした。そこに触れるのか。

「私も男の子と付き合ったことないんだから、もうあなたに上から目線でアドバイスできるようなこと、別にないし。付き合うまでの話だったら言えることもあるけどさ」

「……何だよ。そんな理由だったのか？」

確かに美織と結んだ協力関係で、美織から俺に提示されたメリットは、『虹色青春計画を実行する上でのアドバイスを貰《もら》えること』だった。友人と上手くやる方法や、恋人《こいびと》を作るまでの話なら、美織も過去の経験から自信を持って助言をくれたのだろう。

ただ恋人ができた後の悩みは、美織も経験がないから言えることがないわけだ。

そして美織に提示した『怜太と付き合うまで協力する』というメリットは、目的の達成によって消滅《しょうめつ》している。やはり何度考えても、もうパートナーである理由がない。

理屈《りくつ》は分かっている。分かっているのに、なぜか俺はこだわっている。

「この先のことで頼れる人が欲《ほ》しいなら、私なんかよりもっと適任がいるよ。そもそも今のあなたなら、人に頼らなくても自分で何とかできるとは思うけど」

「それは俺のことを買い被《かぶ》りすぎじゃないか？」

お前だけは俺のことを過大評価しないと思っていたのに。

少しだけ嫌な気持ちになる。

俺を突き放そうとする美織を、放したくなかった。

「……パートナーなんてものじゃなくても、普通に話聞いてくれるだけでいいよ。付き合い始めて一週間の恋人がいる、同じ立場の友達として。相談なら普通のことだろ？」

俺がそう言うと、美織は押し黙《だま》った。

何というか、違和感《いわかん》がある。美織が語ったものは理由の一端《いったん》ではあると思うけど、全部を語っているわけじゃないような気がする。美織は多分、何かを隠している。

「……あんまり私と仲良くすると、陽花里ちゃんが嫉妬《しっと》するよ？」

「……まあ、それは確かに、という感じではあるな」

美織の名前を寝言《ねごと》で呟いた時の陽花里の反応を思い出す。

あの時は冗談《じょうだん》だったが、まったく気にしていないわけじゃないだろう。

「でしょ？　私だって、あなたと仲良くしてるって怜太くんに思われたら困るし」

美織はほっとしたように息を吐《は》いた。

「夏休みの時、あなたも言ったじゃない。家に入り浸《びた》るのはやめた方がいいって。お互《たが》い恋人ができたなら余計にそうでしょ。距離感を考えた方が良いタイミングなんだよ」

美織の言葉には何の反論の余地もない。

それでも何か言葉を探している間に、目的地の教室に到着《とうちゃく》してしまった。

二年生や三年生など、見慣れない顔ぶれだ。どうやら半分ぐらいはすでに集まっているようだった。同じ一年生は……と探したら、なぜか鳴が手を振《ふ》っている。

美織と共に近寄ると、鳴が今にも泣きだしそうな顔で言った。

「よ、よかったぁ……夏希がいて。ひとりも知ってる人がいなくて怖かったんですよ」

「鳴も実行委員を押し付けられたのか？」

「押し付けられたなんて、そんな……周りの空気を察しただけですよ」

あはは、と遠い目をしながら空虚《くうきょ》な顔で笑う鳴。これは押し付けられてるなぁ……。

「あなたと同じバンドの子だよね」

「そう。篠原鳴っていうんだ。仲良くしてやってくれ」

そんな俺と美織のやり取りを、鳴がどこか不思議そうな表情で見ている。

「私は本宮美織。同じ実行委員だし、よろしくね」

先ほどの不機嫌さが嘘のように、美織は爽やかに微笑んだ。

「は、はい！　よろしくお願いします！」

鳴は緊張した様子でペコペコと頭を何度も下げる。

美織は「あはは……」と、ちょっと対応に困った様子で笑っていた。

「もうひとりは誰《だれ》かな？」

「三組の実行委員がいるはずだよな」

美織が一年一組の実行委員で、俺が一年二組、鳴が一年四組なので、一年生の実行委員は後一人、三組の生徒がいるはずだ。涼鳴《りょうめい》は一学年四学級の構成だからな。

「……あの」

三人で話していたところ、後ろから声をかけられる。

振り返ると、そこに立っていたのは緊張した様子の女の子だ。黒い髪を緩《ゆる》く結んで前に流し、青いフレームの眼鏡をかけている。豊満な胸元《むなもと》で、本を両腕《りょううで》に抱《だ》いていた。

ぱっと見は地味な印象だが、よく見ると顔立ちが整っていて可愛《かわい》らしい。

見覚えがあるような、ないような……。一年生だろうか？

「一年三組の……船山《ふなやま》志月《しづき》、です」

たどたどしい口調は、緊張というより喋《しゃべ》り慣れていないのだろう。基本的に下を向いていて、たまに目が合うと逸《そ》らされてしまう。三組はあまり関わりがないとはいえ、中心人物ぐらいは覚えているが……一周目の記憶にもない。大人しい性格なんだろうな。

「俺は二組の灰原夏希。よろしく」

できるだけ親しみやすい雰囲気を作り、笑顔で挨拶《あいさつ》する。

「あ、はい……よろしくお願いします」

船山さんはぺこりと頭を下げて返してきた。

コミュニケーションはあまり得意じゃないのかもしれないが、鳴とは違って挙動に落ち着きがある。ゆったりと丁寧《ていねい》な所作で、品があると評するのが正確だろうか。

「私は一組の本宮美織。せっかく同じ実行委員だし、仲良くやろ？」

美織が明るい口調とともに笑いかける。

「……もちろん、お二人のことは知っています。有名ですから」

「えー、そうなの？　私も？　こいつは文化祭で暴れてたから分かるんだけど」

「暴れてたって表現やめてくれない？」

「ロックバンド的には嬉しい表現だって芹香が言ってたけど」

「芹香の感性と常人の感性を一緒にしないでほしい」

「男のくせに細かいこと気にするね。だからモテない……あ、もうモテるのか」

「そこで発言を翻《ひるがえ》されるのも微妙《びみょう》に反応し辛いんだよなぁ……」

俺と美織がそんなやり取りをしていると、船山さんと鳴がなぜか顔を見合わせている。

「仲、良さそうですね……」

「これが陽キャの男女なんですよ……」

もしかしてそこ知り合いなの？　と思ったら、鳴が疑問の答えを示した。

「ぼ、僕らは何回か、話したことあるので……ありますよね……？」

「もちろん、忘れてないですよ。篠原くん」

にこりと、船山さんが鳴に笑いかける。どうやら割と気心知れた仲らしい。少なくとも船山さんから、俺と美織を相手にしている時の緊張した雰囲気が感じ取れない。

その割には鳴が、覚えられているかどうかすら不安な感じだったけど。

まあ鳴は自分の影の薄《うす》さに自信を持っているからな。

「集まってるよな？　じゃあさっさと会議やってさっさと帰るぞー」

手を軽く叩いて注目を集めたのは、三年生の男子生徒だ。

「とりあえず机、囲う感じに変えようか」

俺たちも会話を切り上げ、指示に従って会議形式に机を並べ変える。準備を終えた実行委員たちが席に着き、静かになると、三年生の男子生徒が再び口を開いた。

「みんな塾《じゅく》とか部活とかあると思うし、手早くやっちゃおうか。とりあえずこの会議を進行する実行委員長を決めなきゃいけないんだけど、俺でいいかな？　どう？」

整った顔立ち。自信に満ちた表情と仕草。よく通る声。爽やかに問いかけながらも自然と相手を従わせるようなカリスマ。——俺はこの人を知っている。

三年生の柳下雄吾《やなぎしたゆうご》先輩《せんぱい》。

引退したばかりのバスケ部のエースにして、元キャプテンだ。

「相変わらずせっかちだなー」等、同じ三年生から揶揄《やゆ》する声はあったものの、特に反論の声がないことを見て取った柳下先輩は、さっさと話を進める。

「それじゃ、球技大会実行委員長になった柳下雄吾だ。面倒臭いことは嫌《きら》いだけど、任された以上はちゃんとやります。まあ、大した仕事はないだろうけどね」

喋りながらも、隣に座《すわ》っていた女子生徒にアイコンタクトをした。すると、女子生徒は手元に用意していた資料を配り始める。用意周到《よういしゅうとう》だな。一周目と変わらない。

「この会議の目的は各種目のルールの確認《かくにん》と、大会の段取りだ。ルールなんて分かってるよと思うかもしれないが、球技大会は円滑《えんかつ》に進行させるために簡略化してあったり、時間が短くなっていたりする。たとえばバスケなら、前半十分、後半十分で進行する。実行委員の役割は、この球技大会ルールをちゃんと自分のクラスに説明しておくことだ」

淡々《たんたん》と、それでいて必要な情報が無駄《むだ》なく説明されていく。

今日のたどたどしい俺の司会進行とは大違《おおちが》いだ。これが、どこにいてもリーダーになる人の能力。バスケ部でも常にこんな感じで、無駄を嫌い効率を好む主義だった。

「手元の資料に、各種目のルールをまとめておいた。それを説明するなり、配るなり、自由にしてもらって構わない。なお、間違えやすいものは赤字で記載《きさい》しておいた」

俺のところにも配られた資料をぺらっとめくる。

めちゃくちゃ分かりやすいな。この資料をコピーしてクラスに配れば解決じゃん。

「ルールに関しては以上かな。質問なければ、次の議題に移る――」

その日の会議の時間は三十分程度で終了した。

柳下先輩の効率的な進め方によって、三十分とは思えない内容の濃《こ》さだったが。

「実行委員長になった方、なんか……その、すごいですね」

「柳下先輩でしょ？　あの人はめちゃくちゃ有能だからねー。バスケも上手いし」

何なら勉強もできる。確か三年生の首席だったはずだ。

内心で付け加えたけど、俺がそれを知っているのもおかしいので黙っておく。

その代わりに、当《あ》たり障《さわ》りのない発言を口にした。

「柳下先輩のおかげで、何も言わなくても会議が進行して楽だったな」

俺たち一年生はたまに意見を求められたぐらいで、ほぼ意思決定に関わっていない。

まあ別に関わりたいわけじゃないので不満もないし、柳下先輩はそこまで分かっていてやっているのだろう。有能でやる気のある奴《やつ》がいれば、むしろ任せる性格だから。

普通は球技大会までに五回ほど実行委員会が開かれるようだが、「何回も集まる方が面倒だから、さっさと決められることは決めちゃおうよ」という柳下先輩の方針で、一回の会議でかなり内容が詰《つ》められている。この調子なら後二回あれば十分だろう。

時間を食っているのは、当日のスケジュールの調整と段取り。そしてクラスごとの順位を決めるポイントシステムの内訳だ。毎年ちょっとずつ異なる伝統らしい。

まあ次の会議の時には柳下先輩が考えてきてくれるだろう。

「みんなは球技大会、何に出るの？」

廊下に出て、一年生の実行委員四人で歩き始める。

四人とも、とりあえず教室に戻るので、向かう方向は一緒だ。

美織の問いかけに、まず俺が答えることにした。

「バスケ。お前は？」

「私はサッカー。本当はバスケが良かったけど、女子サッカーになっちゃったから」

美織はそこまで言ってから、自慢《じまん》げに腕《うで》を組む。

「まあ怜太くんに教えてもらえることになったし、別にいいんだけどね」

羨《うらや》ましいでしょ？　と言いたげな美織だが、そうは思わない。怜太は天才型なので教えるのは下手だぞ。まあ勉強の話なので、サッカーでも同じなのか分からないが。

……おっと、俺たち二人で会話をしているのも駄目《だめ》だよな。

「鳴は？」

「……僕も、バスケになってたんですよね気づいたら……」

急にどんよりした空気を纏《まと》う鳴。

「とにかく足だけ引っ張らないように頑張らないと……陽キャに殺される……」

言動からして運動が苦手なのだろう。本当はやりたくなさそうだ。

「はっ⁉　そういえば夏希はバスケ得意なんですよね⁉　教えてください！」

「まあ別にいいけど……本当に練習するのか？」

球技大会のためにわざわざ自主練をするなんて、一部の人間だけだろう。

まあ俺はその一部の人間になる予定だけどね。

「ちょっとは練習しないと、マジで役に立たないんですよ僕は……」

はぁ、と鳴はため息をつく。

そんな鳴のことを、隣に並ぶ船山さんがじっと見ていた。

「……な、何ですか？」

「あ、いえ……すみません」

視線に気づいて狼狽《うろた》えた鳴に対して、船山さんは目を逸らして頭を下げる。

なんか不思議なやり取りだったなと思いつつ、船山さんにも話題を振ってみる。

「船山さんは？」

「……私は、バレーの予定です。少しだけ、やったことがあるので」

「そうなんだ？　中学とかで？」

「……はい。半年ぐらいでやめてしまったんですけど」

うーん、触《ふ》れづらい。できるだけ会話を盛り上げたい意志はあるんだが、そもそも船山さんが俺と会話を続けたいのか分からない。声音《こわね》に変化がないので難しいな……。

「てか、ずっと抱えてるやつは何なの？」

美織が船山さんの胸元に視線をやりながら、尋ねる。

「……これは過去の球技大会の資料を自分なりにまとめたものです。実行委員を任されたので、少しでも学んでおかないと、と思いまして……」

「ひゃー、すごい。真面目なんだね」

美織が驚《おどろ》いた様子で言うが、船山さんはふるふると首を横に振った。

「……他の人と違《ちが》って、私は要領が悪いので、このぐらいはしないと駄目なんです」

うーん、真面目な性格の人の言葉だなぁ……。

「俺なんか面倒臭いから早く終われ以外のこと考えてなかったよ」

「まあ、あなたはそうだろうね」

「何だよ。お前だって会議中半分寝てたくせに」

「はぁ？　ギリギリ起きてたけど？　捏造《ねつぞう》やめてくださーい」

そんな感じで話しながら歩いているうちに、前と後ろに分かれていく。

前が俺と美織、後ろが鳴と船山さんだ。まあ俺と美織がずっと喋っているからね、自然とそうなるよね……。なんかごめん。鳴と船山さんの様子はどうだろうか。

「……」

「……」

果てしなく気まずそうだった。

ソワソワしている鳴が、「助けて！」みたいな視線を送っている気がする。

俺にどうしろと？

とりあえず気づかなかったふりをした。

前に向き直ると、美織が「聞いてる？」と問いかけてきたので、頷《うなず》いておく。

「──それで、私も言ったんだよ。あなたとはただの幼馴染《おさななじみ》で、何もないですって。そしたらなんか怒《おこ》っちゃって、別に仲良くなんかしてないのにさ。笑っちゃうよね、そもそもあなたには陽花里ちゃんがいるのにさ。私に突っかかってきたって意味が──」

こいつはこいつで、さっきまではちょっと気まずそうだったくせに、いざ話し始めると止まらないじゃねえか……とは思うものの、楽しそうに話しているので、わざわざ突っ込む気にもなれない。仕方がないので、適当に相槌《あいづち》だけ打っておくことにした。

「……あの、篠原くん」

一方、後ろの会話にも進展があった。船山さんから鳴に話しかけている。

「……文化祭のライブ、見ました」

「え!? あ、その、ありがとうございます」

「……篠原くんは、ベース弾《ひ》いてましたよね？ 楽器にはあまり詳《くわ》しくないんですが」

「は、はい！ そうですそうです！ べんべん鳴るやつです！」

首をぶんぶんと縦に振る鳴。

もうちょっと落ち着いて会話できないのか？

「えっと、その……」

船山さんは船山さんで、言葉を探すように視線を彷徨《さまよ》わせている。

会話を続けようとしているのだと思い込んでいたが、どうやら違ったらしい。

「かっこ、よかった……です。応援《おうえん》、してます」

かぁぁ、と頬《ほお》を紅潮させながらも、船山さんは告げた。

あまりにも予想外の言葉だったのか、鳴は目を見張ったまま硬直《こうちょく》している。

「……わ、私と同じで、大人しいタイプだと思ってた篠原くんが、あんなに目立つところで頑張《がんば》ってて、ほんとに、すごいなって、かっこいいなって、思ったんです……」

船山さんは顔を真っ赤にしたまま、たどたどしい口調で言葉を続ける。

「えっと、その、えっと、あ、ありがとうございます……？」

「……い、いえ。その、私が、そう思ったってだけで……すみません……」

……あの、ナニコレ？

俺《おれ》はいったい何を聞かされているんだ……？

隣の美織を見ると、肩《かた》をすくめる。

後ろに目をやると、お互い顔を真っ赤にしたまま無言で歩いていた。

何だこの空気は……予想していたのとは全然違う方向でやりにくいんですけど？

恋愛漫画《れんあいまんが》の冒頭《ぼうとう》にでも立ち会ったような気分だった。

＊

教室に戻ると、鳴にＲＩＮＥで呼び出される。

なんかそんな気はしていたけども。十中八九さっきの件だろう。

第二音楽室に向かい、扉《とびら》を開くと、鳴がうろうろと教室内を彷徨っていた。

俺に気づいた鳴は慌《あわ》てた様子で駆《か》け寄ってくる。

おい、縋《すが》りつこうとするなって！

「な、何だったんですかあれは!?」

「いや、そんなことを俺に聞かれても……」

むしろ俺が聞きたいんだが……何だったんだよアレは？

「もしかして、僕《ぼく》と夏希を間違《まちが》えたんじゃ……」

「そんなわけないだろ。ベースの話してたの忘れたのか？」

「そ、そうですよね!?　やっぱり僕がかっこよかったって話ですよね!?」

鳴は「いや、そんな馬鹿な……」と困惑《こんわく》している。自分に自信がなさすぎる……。

「良かったじゃん褒められて。文化祭に出た意味があっただろ」

「そ、そうですね。でへへ……他人に褒められるなんて滅多《めった》にないので嬉しい……」

非常にだらしない顔で照れている鳴。

ちょっと気持ち悪いが、それを指摘しない優《やさ》しさは俺にもある。

「鳴に好意を持ってるようにしか見えないけどな」

顔真っ赤だったし、全力で褒めてたし、逆にあれで好意なかったら罠《わな》すぎない？

「そ、そんなわけ……でも、ちょっと期待したい気持ちが正直あります……」

でへへ、とにやつきながら話す鳴。

せっかく第二音楽室に来たので練習するか。

ギターを取り出してチューニングをしながら、俺は尋《たず》ねる。

「お前自身はどう思ってるんだ？　あの子のこと」

「図書室で、少しだけ話したことがあるんです。前から、可愛いなとは……」

どうやら鳴としても満更《まんざら》でもないらしい。

「だったら、狙《ねら》ってみれば？　あの感じならいけそうだけど」

「そ、そうですかね……でも、僕なんかとは釣《つ》り合わないですよね……？」

「こいつ、面倒臭いな……」

「ちょっと⁉　本音が漏《も》れてるんですけど⁉」

「まあ釣り合わないなら、ここで話は終了《しゆうりよう》だな」

ギターを軽く弾きながらそう言うと、鳴は足元に縋りついてくる。

「そ、それでも何とかしたいです！　せっかくのチャンスですし、それに、正直言うと前から好きなんです！　お願いします……夏希の手を貸してください……っ！」

だいたい分かっていたけど、最初からそう言えよ！

「大したアドバイスなんかできないぞ」

俺も恋愛《れんあい》経験ほぼ皆無《かいむ》だからな。何も分からないと言っても過言じゃない。

「何言ってるんですか。あの星宮さんと付き合っているくせに。そう謙遜《けんそん》しなくても大丈《だいじょう》夫《ぶ》ですよ。夏希が恋愛経験豊富なことぐらい見れば分かりますから」

やだなぁもう、みたいなノリで鳴が肩を叩《たた》いてくる。なんかウザくない？

そもそも俺のこと分かってます感を出している割に勘違《かんちが》いも甚《はなは》だしいんだが……。

「俺は陽花里が初めての恋人だぞ」

「だとしても、学園のアイドルを射止めたのは夏希のテクニックですよね？　僕にも伝授してください～。まあ容姿が違うって言われたらその通りなんですけど……」

やたらと粘《ねば》ってくる鳴に「分かったよ」と苦笑する。

内気な鳴がここまで言うなら、それだけ本気なのだろう。

この機会を逃《のが》したくないと、その目が訴《うった》えている。

「協力するぐらいなら別にいいよ」

「やった！　ありがとうございます！」

オーバーなリアクションで喜ぶ鳴だった。

鳴は昔の俺に似ていることもあり、つい手を貸したくなっちゃうんだよな。

そもそもさっきの様子だと、俺の手なんか要《い》らない可能性もあるけど。

「ま、まずはどうすればいいですかね⁉」

わくわくした様子で尋ねてくる鳴。なんか俺に期待しすぎじゃない？

「……とりあえず次の会議の時に会うまで様子見でいいんじゃないか？　いきなりがっつきすぎても、逆に引かれそうだし。そもそも連絡先《れんらくさき》とか知らないいんだろ？」

「あ、いや……夏希たちと別れた後に、連絡先交換《れんらくさきこうかん》しませんかって言われて……」

いや、そんなのもう好意あるだろ完全に……。

「なおさら連絡待ちでよさそうだな。向こうからアプローチしてきそうだし」

「そ、そうですかね？　分かりました！」

鳴はちょっとほっとした様子で頷く。覚悟《かくご》を決めて俺に頼《たの》んではみたけど、やはり女子に自分からアプローチするのは緊張するのだろう。気持ちは分かる。

「あんまり俺の言葉を信用しすぎるなよ？」

「大丈夫です！」

何が大丈夫なんだよとは思うが、もはや言っても無駄だろう。

あまり俺を過大評価するのはやめてほしい。無難なことしか言えないからな。

まあ無難なことだけ言っていても、何とかなりそうなのが救いだな。

＊

第二音楽室でギターを弾いていたら、結構な時間が経《た》っていた。

外はすっかり暗くなっている。

そろそろ帰るか。ちょっと熱中しすぎたな。

なお鳴はバイトがあるので、とっくに帰っている。ここにいるのは俺ひとりだ。

帰り際、何となく足が体育館に向いた。二階から体育館を覗《のぞ》くと、すでにどの部活も練習は終わっているようだ。まあ時間が時間だからな。でも、まだ人は残っている。

三面あるコートの校舎側で、女子バスケ部の生徒が自主練をしていた。

「四十六……っ！」

見間違《みまちが》えるはずもない。そこにいたのは佐倉《さくら》詩だった。

手元に大量のボールが入った籠《かご》を用意し、ひたすらシュートを撃《う》ち続けている。

「四十七……っ！」

スリーポイントラインの外側からシュートを打ち続け、籠からボールがなくなったら、散らばったボールを回収しに行く。延々と、それを繰《く》り返していた。

数えているのは、決まったシュートだけ。

決して精度が良いとは言えないが、その集中力には鬼気迫《ききせま》るものがあった。

目が離《はな》せない。じっと眺《なが》めているうちに、自主練をしている生徒も詩ひとりになる。

静まり返った体育館に、ボールが地面を叩く音、ボールがリングを揺《ゆ》らす音、ボールがネットをくぐる音の三種類だけが定期的に響《ひび》く。ずっと、響き続けた。

「……心配でもしてるの？」

後ろから声をかけられ、振り返る。

タオルで首元を拭《ぬぐ》いながら近づいてきたのは、練習着姿の美織だった。

「いや、帰りがけに少し気になって……」

「詩はずっとあんな感じだよ。あなたにフラれてから、ずっとね」

薄々《うすうす》気づいてはいた。だけど改めて指摘《してき》されると、思わず顔が歪《ゆが》んでしまう。

「でも、気にすることないよ。別に、悪い変化じゃないと思うから」

「……そうなのか？」

「うん。すごい頑張ってるけど、無理してるってわけじゃないし。無理するようなら私が止める。恋《こい》を諦《あきら》めた分、部活に集中してるってだけだし、問題ないと思うよ」

美織は詩の様子を眺めて、そんな風に呟く。

心配だったが、俺なんかよりも部活でずっと一緒の美織の意見の方が正確だろう。

「実際、今の詩ならスタメンあるかもしれないし。頑張り時だよ」

「そうなのか？」

「うん。同じポジションで二年生の宮田先輩《せんぱい》が怪我《けが》で離脱《りだつ》中だから。詩は、背が低いのはネックだけど、技術的には十分なんだよね。後はもう少し視野を広く持ってほしいってことぐらいだけど……まあこればっかりはすぐに成長するものじゃないからね」

淡々と語る美織。

「だから、分かりやすい武器を作ろうとしてる」

「……スリーポイントか」

俺たちの視線の先では、詩がひたすらスリーの練習を続けている。

「てか、お前は何やってたんだ？」

「私？　トレーニングルームにいたよ」

ああ、筋トレしていたのか。道理で汗《あせ》だくになっているわけだ。

「あなたは？　ギターの練習？」

「……まあな。バンドは休止中だけど、自主練だ」

「熱心だね。そのぐらいじゃないと、あんな演奏はできないか」

美織はそう言って、体育館に戻《もど》っていく。

……こいつも、気合が入ってるな。その背中を見れば、よく分かる。

なぜか無性《むしょう》に嬉《うれ》しくなった。頼《たよ》りがいのある背中が、昔と重なって見えたから。

「あ、そうだ」

ふと思い出したように、くるりと美織が振り返る。

「船山さんから相談受けたんだけどさ。ほら、実行委員の」

「……ああ、もしかして」

その時点で俺は、内容を察していた。

「篠原くんのことが気になってるらしいの。せっかく一緒になれたんだし、この機会に仲良くなりたいって……私に言われても、何もできないよって感じなんだけどさ」

美織は美織で微妙な顔をしており、お互いに苦笑《くしょう》する。

「なんか、勘違いしてるんだよね。私が怜太くんと付き合ってるからさ、恋愛にめっちゃ詳しいっていうか、百戦錬磨《ひゃくせんれんま》？　だと思ってる節があるんだよねー」

あはは、と困ったように笑う美織。

まあ怜太はこの学年で一番モテるからな……。

そんな怜太と付き合っている美織は恋愛マスターみたいな発想だろう。

つまり、陽花里と付き合っている俺が、鳴に勘違いされたのと同じ理屈だ。

「俺も、鳴から相談受けたよ。実は前から船山さんのこと気になってたって。どうにかしたいから協力してくれって。いや俺に言われても……って感じなんだけどな」

「……え？　あなたも？　じゃあ、もう何もする必要なくない？」

目をぱちぱちと瞬《まばた》かせた美織が、驚いたように呟く。

「まあ、これでほぼ両想《りょうおも》いなのが確定したわけだからな……」

「なーんだ、じゃあ囃《はや》し立てとけば何とかなるじゃん。一気に気楽になった〜」

ほっとしたように美織は言う。面倒見《めんどうみ》の良い性格だからな。あまり仲良くない相手でも相談されたら、つい親身になって考えてしまうのだろう。そんな性格だから、俺のことも常に気にかけてくれたし、終わる時の区切りはきっちりつけようとする。

「そうだな。時間の問題だろ」

船山さんが鳴に好意を持っていると確定したのは大きい。

恋愛のことはよく分からないが、これで何とかならないわけがないだろう。

うん、完全に勝ったな。さっさと家に帰って風呂《ふろ》に入ろう。

「それじゃ、私は詩をそろそろやめさせて帰るから」

「……じゃあ、俺は先に帰るよ」

「……そうだね。それが良いと思うよ」

俺が残っていたところで、多分気まずいだけだ。

「それじゃ、またね」

ひらひらと手を振る美織の背中を見送って、俺は帰路に就《つ》いた。

星宮《ほしみや》ひかり『今、何してる？』
夏希《なつき》『ちょうど風呂入って部屋に戻ってきたところ』
星宮ひかり『そっか』
星宮ひかり『わたしは、そろそろ寝《ね》るところ』
夏希『早寝《はやね》だね』
星宮ひかり『でも、起きるの遅《おそ》いんだよね』
夏希『寝る子は育つって言うから』
星宮ひかり『夏希くんは寝るの遅いけど、背高いじゃん』
夏希『子供の頃《ころ》は一日十二時間ぐらい寝てたからね』
星宮ひかり『えー、そんなに寝れないよ笑笑』
星宮ひかり『ね、週末空いてる？』
夏希『空いてるよ～。なんかする？』

星宮ひかり『なんかしよ！笑』
夏希『なんかってなんだ笑　行きたいところとかある？』
星宮ひかり『いっぱいある！』
星宮ひかり『ちょっとだけお話したいな』
夏希『電話する？』
星宮ひかり『うん！　かけるね〜』

＊

「くぁぁ……」

「随分眠《ずいぶんねむ》そうだね」

あくびをする俺を見て、怜太《れいた》が苦笑いしている。

「昨日、陽花里《ひかり》と電話してたら、気づいたら夜中だったんだよな……」

おかげで寝不足《ねぶそく》だ。一限も眠気《ねむけ》に耐《た》えるのに苦労した。隣《となり》の陽花里はぐっすりと幸せそうな寝顔《ねがお》を晒《さら》していたけど、俺も一緒《いっしょ》に寝たら目立つので逆に寝れなかった。

「仲良さそうで何よりだけど、次の授業は寝ないようにね」

次の授業は英語だ。全学年で英語の時間は統一されており、成績に応じて教室が分けられている。俺と怜太は最も授業進行度の早いAクラスに選別されていた。

前回の期末テストまでは七瀬《ななせ》も同じAクラスだったのだが、英語が苦手な七瀬はちょくちょくBクラスに落ちる。今は、普段《ふだん》のグループだと俺と怜太の二人だけだ。

「ああ、分かってるよ。加藤《かとう》先生の授業だからな……」

英語Aクラス担当の加藤先生は分かりやすいけど、せっかちで、少しぼうっとしていると一瞬《いっしゅん》で授業に置いていかれる。それに、寝ていたらカンカンに怒るタイプだ。

「夜中まで、どんなことを話すんだ？」

「んー、昨日は週末のデートでどこに行くかって話だったなぁ」

陽花里がＲＩＮＥにいろんな場所の情報を送ってくるので、話が盛り上がった。

そのほとんどが今すぐには行けない観光地で、週末に遊ぶ場所という本題からは外れていたけど、「そのうち行こうね。絶対」と楽しそうに語る陽花里を止める気になれず、相槌を打っていたら夜中の二時を越《こ》えていた。楽しかったけど眠《ねむ》いよう……。

「最終的に、どうなったんだ？」

「……それが、俺の家になったんだよね」

怜太は驚いたように目を見開く。そりゃそういう反応になるよね。

「出かけるわけじゃないんだ？」

「そのつもりだったんだけど、よく考えるとお金が心許《こころもと》なくて……」

バイトの収入があるとはいえ、やはりギターや周辺機材の購入《こうにゅう》で貯金をごそっと持っていかれたからな。文化祭の打ち上げ会や先週のデートでもそれなりに使っているし、再来週の給料日までは節約していかないと厳しい。バンドの打ち上げ予定もあるからな。

そして陽花里としても、今月は金欠らしい。

普段はお小遣《こづか》い制で、必要なら追加してくれるシステムのようだが、彼氏《かれし》と遊ぶためという理由では通らないだろう、とのこと。それに、陽花里としてもあまり父親に頼りたくはないらしい。パパ、可哀想《かわいそう》に……とは思うけど、まあ自業自得《じごうじとく》なので……。

「でも、いきなり家デートって段階飛ばしてない？」

「それは俺も正直ちょっと思ったよ」

思ったけども、それを口に出すのも意識しすぎている感じがしない？

「まあ、でも夏希と星宮さんって家でゆったりしているのも好きなタイプだよね。そう思うと、家デートこそ二人に合っているのかも。落ち着いて過ごせるのは利点だよね」

うん、と怜太は自分の意見を翻してから、納得《なっとく》したように頷く。

相変わらず人のことをよく見ている男だぜ……。

俺が感心していると、怜太はにやりと笑って肩を叩いてきた。

「イチャイチャするのはいいけど――暴走するなよ？」

一瞬何を言っているのかと思ったが、遅《おく》れてその意味を理解する。

脳裏《のうり》に過《よぎ》ったのは、俺の部屋のベッドに横たわる星宮陽花里の姿だった。

「はぁっ……⁉　そんな、まだ二回目のデートだぞ……っ⁉」

「授業始まるよ、夏希」

慌てふためく俺に対して、怜太は笑いながら席に着いた。

くそぅ、からかいやがって……。この男にだけは勝てる気がしない。

俺が人生二周目のくせに恋愛の話に弱すぎるだけなのでは？　はい。その通りです。

＊

英語の時間を何とか気合で乗り過ごし、次の授業は体育だった。

今日から球技大会の日までは、各種目の練習を行うことになっている。

体育は二クラス合同で、一、二組と三、四組で分けられている。

俺たち二組は各種目で一組のチームと対戦や練習をすることになるわけだ。

教師命令のランニングと体操を済ませた後、各々《おのおの》適当にシューティングをし始める。

このまま放っておけば、だらだらとシュートを撃つだけで時間が終わるだろう。

「どうする？」

話しかけてきたのは一組の中心人物である村上くんだった。

俺に聞かれても……という感じだが、多分村上くんは俺が二組の中心だと思っている。

「んー……難しいところだな。練習するにしても、何からやるか」

「試合した方が早いだろ」

どうしたものかと悩《なや》んでいると、竜也《たつや》が口を挟《はさ》む。

「体育で基礎練《きそれん》なんてやっても、ついてくる奴は少ねえよ」

確かに竜也の言う通りだ。そもそも純粋《じゅんすい》に、試合形式の方が面白《おもしろ》い。

それに、素人《しろうと》を手っ取り早く鍛《きた》えるなら実戦に放《ほう》り込《こ》むのが一番早い気もする。

「ま、そりゃそうだ。じゃあ一組対二組の試合形式でいいか？」

「おう」

村上くんと竜也はそんな会話をして、方針が決まる。

怜太、日野、岡島くんの三人が俺たちのところに集まってきた。

「ポジションぐらいは決めとく？」

「俺がガードで、パスを回す。怜太は俺のサポート、岡島はゴール下にいろ」

怜太の言葉に、竜也は指先でボールをくるくると回しながら指示を出す。

言葉の意味は分かる。何をやらせてもそつなくこなす上、視野の広い怜太はサポートに最適だし、岡島くんは背が高いしガタイが良いので、リバウンドに強そうだからな。

そんな竜也は指先で回していたボールを、弾くように俺に投《な》げ渡《わた》してきた。

「そんで夏希、お前が崩《くず》せ」

回転しながら飛んできたボールを受け止める。

「役割、逆かと思ってたよ。竜也がフォワードの方がいいんじゃないか？」

「バスケ部の俺が本気出すのも大人げねえだろ。後ろでパスを回すぐらいが丁度いい」

竜也は面倒臭《めんどうくさ》そうにあくびをした。

「……てか、俺は？　おい凪浦《なぎうら》。俺のこと忘れんなって」

「あん？　日野はまあ適当にやってりゃ勝てるだろ」

「俺だけすげえ雑なんだけど⁉」

コントのようなやり取りをしている竜也と日野を眺めながら、ふと思う。

竜也の言わんとすることは分かる。たかだか球技大会ごときでバスケ部が本気を出して素人をなぎ倒《たお》すのも大人げない。そういう意見を出す奴もいるだろう。

それを踏《ふ》まえた上でも、意外な台詞《せりふ》だった。
竜也はこういう時、ここぞとばかりに主役を張りたがる性格だと思っていたから。
怜太も同じことを思っていたのか、何となく視線が合った。
でも言葉を交《か》わす暇《ひま》もなく、ジャンプボールから試合が始まる。
空高く舞《ま》い上がったボールを跳躍《ちょうやく》した岡島くんが弾き、竜也の前に落ちる。
「おーし、じゃ、一本行くぞー」
竜也が前線にボールを運び、怜太にパスを出す。
右ウイングの位置でボールを受け取った怜太を見て、俺はコーナーに移動する。
「怜太！」
呼びかけると、怜太からパスが回ってくる。
正面に向き直る。四番のビブスを着た生徒が俺のディフェンスについていた。
目線を合わせる。視線を左の怜太に振《ふ》った。同時に、ライン際に右足を踏み込む。
「えっ……⁉」
虚《きょ》を突《つ》かれたような声を耳元で聞きながら抜《ぬ》き去っていく。
レイアップに移行したタイミングで、六番の生徒がカバーに入ってきた。
ゴールに向けて伸《の》ばした手を一度引《ひ》っ込めて、フリーになった日野にパスを出す。

「お、おおっ⁉」

突然《とつぜん》来たボールに驚いている日野に、叫《さけ》ぶ。

「打て！　フリーだぞ！」

言われるがままに日野が打ったシュートは、きっちりとネットに吸《す》い込まれる。

「やるね。流石《さすが》、夏希」

白い歯を見せる怜太とハイタッチする。

「灰原《はいばら》、上手《うま》くね⁉」

岡島くんが驚きの表情で叫んでいる。

俺の実力を知っている怜太と竜也はともかく、他のみんなは驚くよな。

「おいおい、そんなに上手かったのかよ灰原」

「日野もナイスシュート」

肩を叩いてきた日野は、ニヤリと笑って親指を立てた。

そんなやり取りをしながら、ディフェンスに戻る。

「よっしゃ、守ろうぜ！」

岡島くんが元気に叫ぶ。相変わらず声が大きいな。思わず苦笑する。

「マンツーマンでいいのか？」

「いいんじゃね？　俺が村上につくよ」

竜也にディフェンスの形式を確認《かくにん》すると、そんな返答があった。

一組のオフェンスは、村上くんがボールを運んでくる。

現役《げんえき》バスケ部じゃないはずだが、村上くんは明らかに経験者の動きだ。

ドリブルの時、ボールが手に吸い付いている。

とはいえ、流石に現役バスケ部の竜也が相手では荷が重い。

「くっそ、抜けねぇ……っ！」

俺たちのディフェンスに攻《せ》めあぐねた一組は苦《くる》し紛《まぎ》れのシュートを打つ。

ボールはゴールを外れる。ガシャ、とリングに当たってボールが跳《は》ね上がった。

「うおおおおっ！」

岡島くんが跳躍し、その巨体《きょたい》を宙に躍《おど》らせる。

上空でボールをがっちりと両手で掴《つか》み、着地する。

「しゃあっ！　竜也！」

リバウンドを制した岡島くんは、取ったボールを竜也に回した。

「すごいジャンプ力だな」

「部活でも、ゴール前の空中戦に強いからね」

怜太から補足が入る。岡島くんは怜太と同じサッカー部だからな。

「うし、じゃあもう一点取るぞ」

自陣《じじん》から、竜也がボールを運んでいく。

「竜也！」

ウイングの位置に出ると、竜也がパスを回してくれる。

ボールを受け取って正面を見ると、ディフェンスが村上くんに変わっていた。

あれ？　村上くんは最初、竜也についていたはずだが。

「あいつは本気じゃないっぽいからな。まずはお前を止めるぜ」

俺の疑問を表情から察したのか、村上くんがそう告げる。

竜也が後ろからパスを回す役割に徹《てっ》するつもりだと、もう気づいたのか。

なかなか判断が早い。そしてディフェンスに隙《すき》がない。これは抜きにくいな。

「バスケやってたんだな、灰原。知らなかったぜ」

村上くんは舌なめずりをした。その目は、俺の挙動を追い続けている。

ここは一度、竜也にボールを戻して組み立て直してもいいが――

「まあ、ちょっとだけな」

今の俺がこいつを崩せるのかどうか、試《ため》したくなった。

――ゆら、と体を揺らす。右か、左か。パスか、シュートか。

あえてのゆったりとした動作でフェイクをかけ、手の中でボールをもてあそぶ。

大事なのは緩急《かんきゅう》だ。静から動へ。ドライブで一気に右へと踏み込んでいく。

村上くんは反応していた。遅れながらも俺の真横をついてくる。

このまま強引《ごういん》に体を入れてレイアップに移行する手もあるが、あえてレッグスルーでステップバック。急に止まって後ろに下がることで、村上くんを引き離す。

「なっ……!?」

体勢を崩した村上くんに対して、俺は跳躍してシュートを打つ。

宙に浮《う》いたボールは軽くリングを叩いたものの、何とかネットに吸い込まれた。

「マジかよ……」

尻餅《しりもち》をついた村上くんがあんぐりと口を開いている。

「もうちょい、強くだな……」

これで二本目だけど、久しぶりだから指先の感覚にズレがある。

もう少し触《さわ》らないと修正できないだろうな。自主練で感覚を取り戻すか。

「ナイス夏希。いいじゃねえか」

「おう」

竜也が普段通りの声音《こわね》で褒《ほ》めてくる。

特に変わった様子はないが、そこにむしろ違和感《いわかん》があった。

バスケをしている時の竜也は、もっと――

「――竜也、どうかしたのか？」

「あん？　別に何もねえけど……なんかおかしいか？」

本気で心当たりがなさそうに眉根《まゆね》を寄せる竜也を見て、首を横に振る。

「……いや、何でもない」

違和感はある。でも、何か目に見えておかしいわけじゃない。

だとしたら、俺が口を挟むようなことじゃない。ひとまずはそう結論付けた。

――その日の練習は、ダブルスコアをつけて一組チームに圧勝した。

＊

「俺らワンチャンあんじゃね？　球技大会優勝」

「まあバスケは凪浦と灰原がいるし、サッカーも運動神経良い面子揃《そろ》ってるし、バレーも藤原《ふじわら》が経験者だろ？　卓球《たっきゅう》は……まあ星宮とか……いや、やっぱ何でもない」

「流石に上級生の方がレベル高いだろ。一年の中じゃ有望だろうけどよ」

放課後。日野たちのグループがそんな話題で盛り上がっている中、教室を出る。

俺は今日、二回目の実行委員会に出席しなければならないのだ。

「あ」

「おう」

教室を出たところで、ばったり美織《みおり》と出くわす。

わざわざ別々に向かうのもおかしいので、隣に並んで歩き出した。

「今日は何やるんだっけ？」

「ポイントシステムの調整とか、掲示物《けいじぶつ》の作成とか雑務やるって言ってたな」

柳下先輩《やなぎしたせんぱい》の言葉を思い出しながら、美織の問いかけに答える。

「うへぇ……面倒臭い……てか、普通《ふつう》は生徒会の協力とかあるんじゃないの？」

「うちの生徒会はやる気ないからなぁ……」

そして権力も弱いので、各行事の実行委員会にはあまり口を出さない。

だから実行委員会の業務が比較的《ひかくてき》他の学校よりも多い……と思う。多分ね。

この高校しか通ったことないから、本当のところは知らないけど。

「あ、夏希！　どうもこんにちは」

俺《おれ》を見かけた鳴《めい》が、ぱたぱたと駆け寄ってくる。

まあ時間も行先も同じだからね。そりゃ道中で出くわすよね。

「今日の実行委員会も楽しみですね！」

ニコニコ顔の鳴だが、楽しみな要素は別にないんだよなぁ……。

「それは、船山《ふなやま》さんがいるから？」

話しかけた美織に対して、鳴は「いやぁ……へへへ」と照れながら反応している。

「ふーん……そういう感じなんだ」

「ほ、本人には言わないでくださいよ……？」

「言わないよ。自分で伝えないとね、そういう気持ちはさ」

鳴と美織のそんな会話を聞きながら廊下《ろうか》の角を曲がると、俺たちの前方に船山さんが歩いていた。すると露骨《ろこつ》に鳴が肩《かた》を震《ふる》わせ、緊張《きんちょう》した雰囲気《ふんいき》を見せる。

「ほら、話しかけなよ」

「え、ええっ⁉　みんなでいるのに、なんで僕が……」

「最初に挨拶《あいさつ》した方が印象良いだろ。知らんけど」

そんな風にごちゃごちゃと会話しているうちに、船山さんが俺たちに気づいてしまう。

振り返った船山さんが「こんにちは」と律儀《りちぎ》に頭を下げてきた。

「こ、こんにちは！　今日も良い天気ですね！」

鳴はテンパっているらしく、要らん言葉まで付け加えている。今日は曇《くも》りだぞ。

それと、天気デッキは基本的に弱いからお勧《すす》めしません。

「……曇り、ですね」

鳴の言葉を受けて窓の外を見た船山さんが、困ったように呟《つぶや》く。

「……そ、そうですね……ごめんなさい……」

「……」

「……ははは……」

どうするんだよこれ。

乾《かわ》いた笑いを続ける鳴と、会話の糸口を見失っている船山さん。

もうちょっとなんかあるだろ！　本当に仲良くなりたいのか二人とも⁉

何だか居たたまれない雰囲気になってしまい、鳴は困ったように俺を見てくる。そんな目で俺を見るな。お前が天気デッキしか用意していないのが悪いんだぞ。

今回の俺は入学当初、常に十個以上は会話デッキを用意していたからな？

用意は周到《しゅうとう》に、万全《ばんぜん》に、実行は慎重《しんちょう》を期して、だ。

普通はそこまでしないって？　まあ二周目の時点で普通じゃないので……。

「実行委員会、面倒《めんどう》だけど、まあ頑張《がんば》ろうぜ」

とりあえず無難なことを言って、不毛すぎる会話に参戦してみる。

「ちゃちゃっと終わらせたいねー」

美織が相槌《あいづち》を打ってくれた。笑顔《えがお》を作っているものの、その目は「何をやってるんだこいつらは……」と呆《あき》れている。流石の俺も同じ気持ちだよ。

露骨に鳴と船山さんがほっとしていた。おい、安心するな。会話しろ！

「鳴、ちょっといいか？」

鳴の隣に立ち、こっそりと耳元でささやく。

美織に視線を向ける。おい、ちょっと船山さんの気を引いてくれ。

そんな意図を目で訴えると、美織は仕方ないなと言いたげな顔で頷《うなず》いた。

「ねえ、船山さん——ていうか、志月《しづき》ちゃんって呼んでいい？」

「え。あ、はい。もちろん、大丈夫です」

美織が船山さんと会話を始めたタイミングで、鳴が小声で問い返してくる。

「な、なんですか？」

「もうちょっと会話できないのか？」

「ど、どうすれば会話ができるのか分からないんですよぅ……」

「──いいか？　会話のコツってのはな、相手に興味を持つことだ」

仮に持っていなかったとしても、興味を持っているように見せる。具体的に何をすればいいのかと言えば、相手について問いかける。それが会話の基本になるんだ。どこかで聞きかじった知識の受け売りだが、これは経験上、俺も正しいと思っている。

「興味は、もちろんありますけど……」

そして鳴は実際、船山志月という人間が気になっている。

「だったら、その気持ちを表に出せばいい」

仲を深めるというのは、相手について知っていくことなんだからな。

「……あの、船山さん」

鳴は意を決したように、船山さんに声をかける。

「は、はい」

船山さんも肩をびくっと震わせ、身じろぎしながらも反応した。

「文化祭のライブ、見てくれたって言ってましたよね？」

「は、はい……」

「ロックバンドとか、好きなんですか？」

まず初手でその問いかけになるあたり、音楽オタクの鳴らしいなぁ。

「そう、ですね……意外って言われるんですけど、結構聞きます。特に洋楽」

「ぼ、僕《ぼく》も洋楽好きなんですよ！　たとえば、何のバンドですか？」

「……オアシスが、好きです。篠原《しのはら》くんなら、知ってますよね？」

「は、はい！　知ってるも何も、超有名《ちょうゆうめい》じゃないですか！　僕も好きですよ！　『モーニング・グローリー』は超名盤《ちょうめいばん》ですし！　あ、それとオアシスならあの曲も――」

音楽の話になった瞬間《しゅんかん》、長文早口オタク語りになる鳴。

あまりにもいつも通りだが、船山さんも楽しそうに相槌を打っている。

趣味《しゅみ》が合うみたいだし、これが最適解だろう。最初からそうすればよかったのに。

「まったく……」

世話の焼ける奴《やつ》だ。

ふと隣に目をやると、苦笑する美織と目が合う。

「もしかして、お前ずっとこんな気持ちだったのか？」

そう問いかけると、美織は肩をすくめた。

「そうでもないかな。あなたは、あまり手のかからない子だったよ」

「いつから俺のママになったんだ。てか、だいぶ面倒かけた気がするけど」

美織がパートナーじゃなくなって、ようやく気づいた。

俺が美織に、どれだけ頼っていたのかってことに。

「……そうかな？　むしろ助けられたのは私だよ。私があなたに言ったことなんて、誰《だれ》にでも言えるようなことだけ。あなたには私なんて、本当は必要なかった」

美織はゆるく首を横に振る。

「……俺の高校デビューが成功したのは、お前が協力してくれたおかげだ」

一周目の青春と同じように、灰色になっていたはずだ。

「お前がいなかったら、今の俺はここにいない。お前が俺の青春の色を変えたんだ」

だからこそ美織の言葉には、妙《みょう》に腹が立った。

「俺はお前に感謝してる。俺にはお前が必要だった。だから、そんな風に言うな」

「……ごめん」

美織は表情を歪めて、軽く頭を下げる。

いつの間にか鳴と船山さんが会話を止めて、そんな俺たちを見ている。

……やべ、こんなところでする会話じゃなかったな。鳴たちの邪魔《じゃま》をしてしまった。

「ああ、悪い悪い。こっちの話だ。気にしないでくれ」

「そ、そうそう。二人は気にしないでいいよ。仲良くお話を続けてもらって」

俺と美織が取り繕《つくろ》うと、二人は一応納得したのか頷いた。

話しているうちに実行委員会が実施《じっし》される教室に到着《とうちゃく》する。

すでに半分は集まっているようだ。上級生はだらだらと雑談している。

「こんにちはー」

挨拶すると、「おーう」とか「どもー」みたいな返答があった。

俺に続いて鳴たちも頭を下げる。そんなやり取りをしてから中に入る。

「す、すごいですね夏希……」

「何がだよ。単に挨拶しただけだぞ」

知り合いがひとりもいないから、俺も挨拶しにくいんだけどな。

だからと言って、一年生四人が挨拶もなしに教室に入るのも微妙《びみょう》じゃない？

それに繋《つな》がりが薄《うす》いとはいえ、一応は同じ実行委員会の仲間だし……。

「昔は、できなかったんじゃない？」

美織に言われて、気づく。

こういうことを無意識にやれる時点で、俺も成長しているのかもしれない。

確かに昔は、何をするにもいちいち躊躇《ためら》っていたような気がする。

「……あの。ちょっと聞いてもいいですか？」

隣の席に座《すわ》った鳴が小声で尋《たず》ねてきた。

「何だ？　さっきは良い感じだったじゃん」

「あ、いや……その話じゃなくて」

じゃあ何の話なんだ？　歯切れの悪い鳴を見て、首を捻《ひね》る。

「本宮《もとみや》さんって元カノなんですか？」

「…………はぁ⁉」

やべ。思わず大きな声を出してしまったせいで注目が集まってしまう。

視線を向けてきた上級生たちに慌《あわ》てて頭を下げた。

「おい、変なこと聞くなよいきなり」

「そ、そんなに変ですか？　あのやり取り見てたら、誰でもそう思いますよ」

小声で抗議《こうぎ》したが、鳴は困惑《こんわく》したように言う。

……さっきのやり取りのことか？

確かに他人に聞かせる話じゃなかったけど、元カノに繋げる理由は分からない。

「あいつは元カノなんかじゃない。ただの友達だ」

「ただの友達ってのも……逆に信じ難《がた》いんですけどね……」

事実を述べたのに、なぜか鳴は疑ってくる。どこが信じ難いんだ？

「はーい。注目。今日も会議始めるぞー」

結局、柳下先輩が実行委員会を始めてしまったので、その問いはできなかった。

会議は淡々《たんたん》と進行していく。おおむね柳下先輩とその周辺で、今日決めたいことの概形《がいけい》は固めてきているので、俺たちがやるのは細部に意見を出すことぐらいだ。

「じゃあ各種目の点数、これで決定しまーす」

「異議なし。それで、次は？」

「まあタイムスケジュールだな。案は作ってきたんで、意見あればください」

「うちの体育館三面あるから、こういう時は便利だよな」

「だな。多少ずれ込んでも調整利《き》くし。これでいいんじゃね？」

必要なことがすべて決まり、今日の会議もこれで終わりか――と思ったタイミングで、

「……あの。今のスケジュールだと、校舎側のコートに余裕《よゆう》がない気がします」

挙手をして、発言したのはまさかの船山さんだった。

ほとんど三年生だけで話が回っていたので、みんなもびっくりした様子だ。

「……ふむ。確かに、もう少しあそびを持たせた方がいいかな」

柳下先輩は顎《あご》に手を当てて、船山さんの意見を考慮《こうりよ》する。

「でも、難しくね？　校舎側のコートって男子バスケだろ？　他の種目と違《ちが》って試合時間が長いし、今回は男子に数が寄ってる。どっかで切り詰《つ》めないと終わらねえぞ」

柳下先輩のサポート的立ち位置の三年生が、難しい顔で言った。

ぶっちゃけあんまり話を聞いていなかったが、何とか内容に追い付く。

バスケ、サッカーが男女の選択制《せんたくせい》なので、年によって比重が変わってくる。今回は男子がバスケに寄っていて、女子がサッカーに寄っている。だから主に男子バスケを実施予定の校舎側コートのスケジュールに余裕がなくなっていて、それを問題視している。

「なんか具体案ある？」

「……はい。今、紙に書きました。こんな感じでどうでしょう？」

船山さんは自分で修正したスケジュール案を、柳下先輩に提出する。

しばらく三年生周辺でその紙を確認していたが、やがて柳下先輩が親指を立てた。

「よし！　じゃあこれに決定で！　船山ちゃんだったっけ？　ありがとね」

「あ、いえ……すみません。差し出がましい真似《まね》を」

「ちょちょ！　そんなにかしこまらなくていいって！　実際、助かったからね。他の一年生も、意見出してくれてありがとねー。こっちで進めちゃったのは申し訳ないけど」

柳下先輩はそこまで言ってから、俺に視線を向けてくる。

「灰原くんだよね？　文化祭のライブめっちゃ良かったよ。感動しちゃったわ」

「え？　あ、どうも。ありがとうございます」

なんか不思議な感覚だな。俺からすると、柳下先輩はバスケ部の主将という感覚が抜けないけど、向こうは軽音部の一年生として扱《あつか》ってくる。そりゃそうなんだけどね。

柳下先輩のことは好きだ。俺が入部した春から、柳下先輩が夏に引退するまでの短い間だったけど、俺みたいな厄介《やっかい》な後輩《こうはい》のことも気にかけてくれたから。

「球技大会、何に出るの？」

「バスケです」

「お！　いいねー。俺もバスケなんだよ。当たったらよろしくな？」

肩を軽く叩《たた》いて、気さくに言う柳下先輩。

「でも、負けないぜ？　これでも夏まではバスケ部の主将やってたからな」

にっ、と不敵に笑う柳下先輩。その目は本気だ。たかが球技大会とは考えていない。

だが、それも納得だ。この人はいつだって勝負事には真剣《しんけん》だから。

「俺も負けませんよ。これでも、バスケは割と得意なんで」

「お！　言うねえ！　いいじゃん、そう来なくっちゃ楽しくねえよ」

はっはっは、と柳下先輩は楽しそうに笑う。

それから、俺たち一年生を順に見回して、告げる。

「ま、せっかくのイベントなんだ。変に斜《しゃ》に構えず、精一杯《せいいっぱい》楽しもうぜ」

他の人ならちょっとクサいと感じる台詞だが、柳下先輩が言うと説得力がある。

それに、青春をやりなおしている俺としては共感できる考えだ。他人に強制はできないけど、どうせなら本気でやった方が楽しいと思う。一度きりの青春なんだから。

……いや、俺は二度目なんですけどね？

＊

「志月ちゃん、今日は流石だったね。私、びっくりしちゃった」

一年生四人で教室までの帰り道を歩く。これも二回目にして恒例《こうれい》になってきた。

「いえ、大したことは言っていませんから……」

困ったように謙遜《けんそん》する船山さんだが、そんなことはないと思う。

「いやいや、あの場で堂々と発言できるのがすごいよ！」

美織はそう言ってから、ちらりと鳴を見る。

鳴もその意図を理解したのか、こくりと頷いた。

「僕も、そう思います。……僕はああいう場だと、緊張して何も言えませんから」

ははは、と遠い目をしながら自嘲《じちょう》する鳴。

そこは褒める場面であって、自分を卑下《ひげ》する必要はないぞ！

俺がやきもきしていると、船山さんが首を横に振った。

「……そんなこと、ありません。篠原くんは、文化祭の時、あんなに大勢の観客の前で演奏していたじゃないですか。メンバー紹介《しょうかい》の時は、ガッツポーズまでして」

「そ、その話はあんまりしないでください……」

鳴は恥《は》ずかしいのか、顔を赤くしながらゴニョゴニョと言う。

む、と船山さんが頬《ほお》を膨《ふく》らませた。

「……しますよ。だって、感動したんですから。ちょっと、言い方が悪いかもしれませんけど、普段は私と同じで……地味で大人しいタイプだと思っていた篠原くんが、とても輝《かがや》いていて……だったら、私も変われるかなって、私も変わりたいなと思ったんです」

真剣な船山さんの語りに、鳴は圧倒《あっとう》されている。

信じられないかもしれないが、俺たちの音楽はいろんなところへ届いている。

お前のベースが、お前の勇気が、人の心を動かしたんだよ。

よかった。本当に。

……なぜか俺も、自分のことのように嬉《うれ》しかった。

「篠原くんと違って、大したことはできていないですけど、自分の意見を出すぐらいなら私にもできると思ったから……緊張しましたけど、何とか実行できました」

ほっとしたように、船山さんは表情を緩《ゆる》める。

意外とああいう場で発言できるタイプなんだと思ったけど、違ったんだな。

勇気を出して、自分を変えようとしているんだ。

「……」

口をあんぐりと開けて、硬直《こうちょく》している鳴の背中を叩く。

すると、鳴はまだ現実味を感じていないような呆《ほう》けた表情で、俺を見る。

「こんな風に言ってくれる人がいるのは、夏希が僕を誘《さそ》ってくれたおかげですね」

「いや、お前の努力の成果だよ。自信を持て」

もう一度、背中を叩いた。現実に戻《もど》って来れるように。

「……ところで、篠原くんはどんなバンドが好きなんですか？」

「あ、僕はソニック・ユースが好きで……やっぱり『GOO』ですかね一番は。後はレッチリとか、レディオヘッド。他には、ええと、有名どころばっかりですけど――」

船山さんの問いかけから、音楽の話に移行する。

洋楽はそこまで詳《くわ》しくないので、俺は話についていけない。

美織も相槌を打ちながら「？？？」みたいな顔をしている。まあそうなるよね。

「あ……またどこかでライブ、やるんですか？　ぜひ見たいです」

ふと船山さんがそんな発言をして、俺と鳴は何とも言えない顔で視線を合わせる。

今日まで船山さんだけじゃなく、いろんな人からその言葉をかけられた。

だけど俺たちのバンドは終わった。新しい人を入れて再始動するかは分からない。

今もまだ、芹香《せりか》の答えを待っている。

——今日も芹香は、第二音楽室に姿を見せなかった。

＊

実行委員会が終わった後、俺と鳴は学校近くの公園に来ていた。

この公園にはバスケのコートがあるのだ。一周目の時も、たまに利用していた。

時刻は十八時。空は夕焼け色に染まっている。だいぶ日が短くなってきたけど、この公園はナイター照明がついているので、暗くなっても問題なくプレイ可能だ。

「それにしても、本当にバスケを教えることになるとは」

近くのスポーツショップで買ったバスケットボールを取り出し、鳴に放る。

鳴は少し慌てた様子で、そのボールを何とか受け取った。

「僕も半分冗談《じょうだん》だったんですけど……船山さんに、応援《おうえん》してるって言われたので。運動は苦手ですけど、頑張って、かっこいいところ見せたいなって思ったんです」

「へぇ、良い感じじゃん。後は告白するだけだな」

「そ、そう簡単に言わないでくださいよ！　嫌《きら》われてはいないみたいですけど、本当に僕のことを気にかけてくれてるのかも分からないし、そもそも、ちゃんと話すようになって数日しか経《た》っていませんから。もっと、仲良くなってからじゃないと」

「大丈夫《だいじょうぶ》だよ。いけるって」

「あんな大舞《おおぶ》台《たい》で告白できる夏希と一緒《いっしょ》にしないでくださいよぉっ！」

「俺だって、あの時はだいぶ緊張したぞ」

　鳴の気持ちも分かる。フラれるかもしれないのに告白したくはない。付き合える確証が欲《ほ》しい。なぜなら、失うかもしれないから。関係性を変えるには勇気が要《い》る。

　美織から船山さんの気持ちを聞いている俺は失敗しないと知っているので、まどろっこしく感じてしまうけど、その話をするのはマナー違反《いはん》だからな。難しいところだ。

「……ＲＩＮＥも交換《こうかん》しました。これから、もっと仲良くなります」

　鳴は決意の表情で言いながら、俺にボールを投げ返してくる。そのフォームは若干《じゃっかん》野球にも似た投げ方で、だいぶ不格好だった。まずはパスの受け渡しからだな。

「胸元《むなもと》でボールを保持して、人差し指と親指で三角形を作る。そして、脚《あし》を踏み出しながら手首のスナップを利《き》かせるんだ。体重をかけて押《お》し出すようなイメージだ」

鳴にチェストパスの解説をしながら、ボールを投げ返す。

「わ、わ」と言いながら、そのボールを受け止める鳴だが、地面に零《こぼ》してしまう。

「受け止める時は、胸の前に手を構えて、怖《こわ》がらずにボールを呼び込《こ》むんだ。今の鳴は自分から手を出してるから取るのが難しくなってる。待って、受け止めるんだ」

身振《みぶ》り手振《てぶ》りも使って解説すると、鳴はこくりと頷く。

「……は、はい！」

それから何度も、パスを繰《く》り返す。

鳴はお世辞にもセンスがあるとは言えなかったが、真剣だった。

本当にかっこいいところを見せたいのだろう。その動機には共感できる。だから協力してやりたくなる。真剣にやってくれるのなら教える方も楽しいからな。

「そうそう！　良い感じになってきたぞ。でも、もっと体で押し出すイメージだ」

「はい！　こ、こうですか⁉」

「ちょっと違う！　いいか、こうだ！」

「こうですか⁉」

「う、うーん……ちょっと違う！　いいか、こういう感じだ！」

「分かりました！　こうですね！」

「いや、全然違うぞ」

「ええっ⁉」

そんな感じの試行錯誤《しこうさくご》を繰り返して、鳴にパスの基礎的《きそてき》な動作を仕込《しこ》んでいく。

何度か鳴が落ち込むこともあったが、センスがないのは俺も一緒だ。それでも地道な練習を繰り返せば、少しはマシになる。凡人《ぼんじん》の積み重ねが天才を超《こ》えることもあるんだ。

——俺が竜也に勝った時のように。

「よし！　パスがスムーズになってきたな。これなら試合でも役に立つと思う」

「あ、ありがとうございます……！　夏希のおかげです！」

「ああ、それじゃ、次はシュートだな」

「え……？　今日はもう終わりじゃ、ないんです……？」

「何言ってんだ。船山さんにかっこいいところを見せるんだろ？」

「は、ははは……そうですよね……」

やる気満々なはずなのに、なぜか鳴は目を泳がせる。

もしかして俺に申し訳ないと思っているんだろうか。気にしなくていいのに。

そんなわけで、次はシュートの基礎的な動作を教えることにした。

＊

一通りの解説を終えた頃《ころ》には、空は真っ暗になっていた。

ナイター照明はついているものの、コートから少し離《はな》れると視界が悪い。

「も、もう限界です……」

鳴はへろへろになってベンチに寝転《ねころ》がっていた。

普段《ふだん》まったく運動しない人間にしては頑張った方だろう。

「明日は筋肉痛だな」

「何で夏希は、そんなに余裕なんですか……？」

「俺は筋トレしてるから。筋トレはいいぞ。筋トレは世界を豊かにする」

「ええ、なんかこわ……」

鳴がダウンしてからは自主練をしていた。

球技大会で活躍《かつやく》するためには、感覚を取り戻す必要がある。

上級生のクラスに勝つには、今の俺ではまだ力が足りないだろう。

軽くドリブルをついて、シュートを打つ。

ちょっと指先がブレたな。ボールはリングに当たって弾《はじ》かれた。

「……もう少し上か？」

ため息をつきながら、ボールの行方《ゆくえ》を追う。

視線の先で、転がっているボールを誰かが拾い上げた。

暗闇《くらやみ》の奥《おく》から近づいてきたのは、同じ制服の少女。本宮美織だった。

「こんなところで何やってんの？」

美織は手に吸い付くようなドリブルをつき、指先でくるりとボールを回す。

「球技大会の練習だよ」

「あなたはともかく、篠原くんまで？」

「船山さんにかっこいいところを見せたいらしいぞ」

「……何だか、あなたと似てるね。頑張る動機が、子供っぽい」

美織はくすりと笑った。やかましいわ！　確かに似てるとは思いますけど。

「お前こそ、帰り道でこんなところ通らないだろ？」

「んー……ちょっと、散歩したい気分で。そうしたら、あなたを見かけたから」

……普段通りを装《よそお》っているが、絶対に違う。明らかに、何かあった。声色《こわいろ》だけでもそれぐらいは分かる。だけど本人が何も言わないので、指摘《してき》するべきか迷う。

「ねぇ、夏希」

美織はコートの中央に立って、ボールを渡《わた》してきた。

「自主練に付き合ってあげるよ」

そう言って、ディフェンスの体勢を取る。

分かったよ。お前が何も言わないのなら、俺も聞かない。

「——一対一、三本先取だ」

＊

「はい、これで二勝目だな」

「い、今のはずるだよ！　まだ開始の合図してないし！　やりなおし！」

「——よし、完璧《かんぺき》。これは問題ないだろ？」

「ぐぬぅ……もう一戦！　もう一戦ったらもう一戦！」

「仕方ないな……」

「……げ！　マジかよ。それはまぐれだろ！」

「まぐれでも入ったら勝ちだからね。はい、負《ま》け惜《お》しみ乙《おつ》！」

「ほとんど負けてるくせに。一回勝っただけで誇《ほこ》られてもなぁ……」


自販機《じはんき》で水を買い、ごくごくと飲み干していく。

「ぷはぁ、生き返るぜ……」

流石《さすが》の俺もくたくただ。もう動ける気がしない。

最初は一対一の三本先取のはずだったのに、負けた美織が駄々《だだ》をこねるから……。

……疲《つか》れたな。てか今何時だよ。スマホを見ると、すでに二十二時を回っていた。流石に遅《おそ》すぎる。今から電車に乗ったら、帰宅する頃には二十三時過ぎだぞ。

ちなみに、疲れ果てていた鳴はとっくに帰っている。いくら待ってもバスケを続けている俺たちを見飽《みあ》きたのだろう。放置して申し訳ないって気持ちはあります……。

自販機で購入《こうにゅう》した飲み物を持って、美織のところに戻る。

美織は公園内の芝生《しばふ》に寝転がっていた。

こんな時間じゃ俺たち以外に誰もいないけど、流石にそれはどうなんだ？

「制服、汚《よご》れるぞ」

「今更《いまさら》でしょ。金曜だし、土日にクリーニング出せばいいや」

「飲み物買ってきたぞ」

「何買ってきたの？」

「いちごオレ。お前好きだろ」

「分かってるじゃんと言いたいけど、今は普通に水が飲みたいよ」

「そう言うと思って水もある」

「え、ほんとに分かってるじゃん。成長したねぇ」

上体を起こし、美織は俺が渡した水のペットボトルを受け取る。

「まあ俺の飲みかけだけどな」

「ぶっ⁉　ちょ、あ、あなたねぇ……」

気管に入ったのか、美織はごほごほと咳《せ》き込む。

「別にお前、そんなこと気にする性格じゃなかっただろ」

間抜《まぬ》けな姿に、笑いが込み上げてくる。俺は美織の隣《となり》に座った。

「子供の頃と今じゃ違うでしょ。その……男女の差とか、いろいろ、ね？」

言い淀《よど》みながらも赤面している美織。珍《めずら》しいな。

でも実際、美織の言う通りかもしれない。――確かに、昔とは違う。

俺も、美織も、俺たちを取り巻く関係性も、すべて。

雲一つない夜空を仰《あお》ぐ。

点在する星が綺麗《きれい》に見えた。

「……なあ、覚えてるか？　俺とお前が初めて出会った時のこと」

今でも、その瞬間だけは鮮明《せんめい》に思い出せる。

「……なんかあったっけ？　よく覚えてないや」

「お前はそうだろうな」

美織にとっては、何てことのない日常の一幕だったはずだ。

それでも俺にとっては、大切な思い出だった。


『ねえ、何してるの？　私たちと一緒に遊ぼうよ！』


小学一年生の春。

友達の輪に入れなかった俺の手を、美織が引いてくれた。

それがきっかけで、仲の良い友達ができた。

「拓郎《たくろう》とか、今何してんのかな」

「懐《なつ》かしい名前。面白《おもしろ》いやつだったなぁ」

俺や美織と一緒につるんでいた親友の名前を思い出す。

拓郎はちょっと太っちょで、喧嘩《けんか》っ早《ぱや》いけど、笑顔の絶えない愉快《ゆかい》な奴だった。

「大阪に転校しちゃって、それっきりだな。当時は連絡《れんらく》手段もなかったし」

「あれ、いつの時だっけ？　小学五年？　六年？」

「五年だろ。修学旅行の時にはもういなかったからな」

「あー、あの時はもう私とあなたと……修斗《しゅうと》だけだったね」

「修斗か。あいつも俺たちとは別の中学に行って、それっきりだけど」

それも懐かしい名前だ。

あいつほどバカという単語が相応《ふさわ》しい奴はいない。

底抜《そこぬ》けに明るくて、常に元気に満ち溢《あふ》れているのが修斗という男だった。

「やっぱりそうなんだ。私はたまに会ってたよ。今もミンスタは繋がってる。たまに投稿《とうこう》してるの見かけるけど、東高でサッカー続けてるみたいだよ」

「そうなのか。元気そうならよかった」

あの頃は、俺と、美織と、修斗と、拓郎の四人でつるんでいた。

『今日は水きり最強決定戦を開催《かいさい》するよ。まずは河原にダッシュ！』

『おっしゃぁ！　負けねえぜ！　うおおお！　一番乗りは俺《おれ》だぁぁっ！』

『なんだ急に……美織と修斗のテンションが高すぎてついていけねえんだけど』

『はっはっは！　相変わらず自由だなあいつら！　俺たちも行くぞ、夏希』

男三人を差し置いて、俺たちを主導するのはいつだって美織だった。

いたずらを仕掛《しか》けて先生に怒《おこ》られたり、美織のかくれんぼが上手《うま》すぎて夜になるまで誰も見つけられなかったり、夜の学校にこっそり潜入《せんにゅう》したり、自転車で東京を目指すとか言い出したものの、埼玉あたりで挫折《ざせつ》して引き返したこともあった。その翌日は筋肉痛で全員ダウンしていた。あの頃はアホだった。思い出すのも恥ずかしいぐらいに。

「……楽しかったな」

美織がぽつりと呟く。俺と同じような記憶《きおく》を思い返しているのだろう。

あの頃の俺たちはどうしようもなかったけど——それでも、確かに楽しい時間だった。

「……この先ずっと、四人一緒だと思ってた」

「俺だって、思ってたよ。こいつら以外とつるむなんて、ありえないって」

それでも、時の流れは残酷《ざんこく》だ。変わらないものなんかない。

拓郎も、修斗も、それぞれの道で生きている。俺が今でも美織と一緒にいるのは奇跡《きせき》のようなものだ。本来の歴史なら、もう関わりなんて一切《いっさい》なかったんだから。

……それと同じように、今の六人だって、時の流れとともに変わっていく。

あんなに居心地《いごこち》の良かった場所が、今は少しだけ息苦しい。


「——あの頃に、戻りたいな」


そう呟《つぶや》いたのは、美織だった。

「楽しかったから。今みたいな悩《なや》みもなかった」

「……悩みがあるのか？　今のお前は、怜太と付き合うって望みが叶《かな》ったんだろ？」

「……いろいろ、あるんだよ。私たちは大人にもなりきれないけど、子供のままじゃいられないから。嬉しいとか悲しいとか、そういう単純な気持ちだけじゃないの」

美織は、俺を見る。

「あなただって、そうでしょ？」

「どうしてそう思う？」

「陽花里ちゃんと付き合えたのに、浮《う》かない顔してるから」

美織には何でも気づかれるな。

――ただ、全力で走った。今度こそ後悔《こうかい》のないように。

ここにあるのは、俺が変えた今だ。だから俺に何かを言う資格はない。

「……もしかして、後悔してるの？　自分が選んだ道を」

美織の問いに対して、首を横に振《ふ》った。

他にも手はあったと思う。友人関係に亀裂《きれつ》を入れずに、望みを叶えるような手が。

だけど、それが分かっていたとしても、俺はこの道を選ぶだろう。

それが最も誠実だと思った。

だから結果がどうなっても、後悔はしない。

「そっか」

……本当に、そうだろうか？　この感情は、後悔じゃないのか？

分からなかった。欲しかったものを手に入れたはずなのに。

「でもさ、別に諦《あきら》める必要もないんじゃない？」

美織はむくりと上体を起こして、俺の鼻先に指を突《つ》きつけてくる。

「あの友達グループがギクシャクしてるのは自分のせいだから、自分に何かをする資格はないって思ってるんでしょ？　その誠実さは、あなたの美徳だとは思うけどね」

「……実際、俺のせいだろ。俺がみんなを振り回した」

「だとしても、このままじゃあなたの理想の青春には届かないんじゃない？」

「そう、かもしれないけど……」

美織は俺のいちごオレを勝手に飲み始める。水も飲んだくせに。

「おい、どっちかにしろ」

「残念ながら、どっちも私のだよー」

美味《おい》しそうにいちごオレを飲む美織を見ると、怒る気も失《う》せてしまう。

「……いいじゃん。私みたいに、もっとわがままになっても」

美織の言葉は、するりと俺の胸の中に入り込んでいく。

「――だって、後悔はしたくないでしょ？」

美織の言う通りだ。後悔ばかりの青春だったから、やりなおしたいと思ったんだろう？

それなら虹色《にじいろ》の青春を手に入れることを、何よりも優先するべきだ。

「……なんて。後悔ばかりの私が言うのも、おかしいけどね」

それから、しばらく沈黙《ちんもく》があった。

二人並んで、黙《だま》って夜空を見上げていた。

「……何があったか、聞いてもいいのか？」

「あなたにだけは教えてあげない。でも、あなたのせいだから」

「ええっ⁉」

俺のせいなの⁉　じゃあ余計に気になるじゃん！

しかし美織に話す気はなさそうだった。何なんだよいったい……。

「そろそろ帰らないとだね」

「そうだな。下手したら終電逃《のが》すぞ」

「でも、疲れて立てないや」

美織はそう言いながらも、どうにか立ち上がる。

「あれ……？」

しかし足がしびれたのか、美織は急によろめいた。

――その直前で、何とか美織を抱《だ》きかかえることに成功する。

「ご、ごめん……足が、上手く動かなくて……」

まあ俺と違って、部活の練習メニューをこなした上での一対一だったからな。

そりゃ足に限界も訪《おとず》れるだろう。

「だから途中《とちゅう》でやめとけって言ったのに」

「そんなの嫌《いや》だよ。負けっぱなしで終われるわけないでしょ」

「相変わらず負けず嫌《ぎら》いだなぁ……」

苦笑《くしよう》しつつ、体勢を整えた美織から手を離した。

「……おい、美織？」

「……」

だが、美織はぎゅっと俺に抱き着いたまま離れない。

俺の胸板《むないた》に額を押し付けているせいで、表情は見えない。

「……どうかしたのか？」

後頭部をぽんぽんと叩いてみる。

「……ねえ、夏希」

すると美織は、神妙《しんみよう》な声音《こわね》で、とんでもないことを言い始めた。

「あなたのこと好きだよ……って、言ったらどうする？」

……あまりにも予想外の発言すぎて、思考が空白に染まる。

どうする？　……というか、美織が俺のことを好き？　じゃあ、怜太は？

そのまま固まっていると、美織はするっと俺の体から離れて、大きな声で笑った。

「あははっ！　なーに本気にしてるの？　冗談に決まってるじゃん」

「……うるさいな。冗談にしたって、なんて返せばいいのか分からなかったんだよ」

そもそも冗談って空気じゃなかった。

無駄《むだ》に演技力高いのやめろ！

「帰るよ！　早くしないと、終電なくなっちゃう！」

美織はたたっと駆《か》け出して、ちょっと離れたところから手を振ってくる。

「……足、ぜんぜん大丈夫じゃん」

仕方なく、駆け足で美織の後を追った。

＊

翌日は筋肉痛だった。

ベッドの上から起き上がるのも一苦労だ。

休日だが、呑気《のんき》に寝《ね》ているわけにもいかない。

これから陽花里が家に来るので、準備をしなくちゃいけない。

そう、今日は陽花里と家デートの日なのだ！

「夏希？　彼女《かのじょ》さんうちに来るんでしょ？　部屋の掃除《そうじ》しときなさいよ」

「分かってるって。今からやろうと思ってたんだよ」

「あんたいつもそればっかりじゃない。だいたいねぇ……」

母さんの愚痴《ぐち》を適当に聞き流しながら、部屋の掃除を始める。

部屋は定期的に掃除しているし今も綺麗だが、念には念を入れておこう。

ちなみに今日、波香《なみか》は友達と遊ぶようだが、母さんは家にいる。

「楽しみねぇ。まさか夏希に彼女なんてねぇ、ちょっと前は考えられなかったのに」

ウキウキした様子の母さんは、リビングで掃除機《そうじき》をかけている。

「ぶっちゃけどっかに出かけといてほしいんだけど」

「一目見るだけよ。後は買い物でも行くから」

母さんの一言に、ほっとする。

ことあるごとに顔を出されたら、どうしようかと思った。

「あっ、お菓子《かし》とか用意した方がいいかしら？　ちょうど切らしてるのよね……」

やたらとうろちょろする母さんだった。俺より緊張《きんちょう》しないでくれ。

「……よし、こんなとこだろ」

部屋をピカピカにして、額に滲《にじ》んだ汗《あせ》を拭《ふ》く。

ちょうどそのタイミングで、スマホが振動《しんどう》する。ＲＩＮＥの通知が来ていた。

星宮ひかり『そろそろ駅に着くよ！』

夏希『じゃあ迎《むか》えに行くよ。ちょっと待ってて』

家を出て、駅までの道を歩く。

並木道の紅葉が色鮮《いろあざ》やかで綺麗だった。

いちょうの葉が散っていく。落ち葉が道の端《はし》に集められていた。

車もたまにしか走らない見慣れた田舎道《いなかみち》を歩き、五分で目的地に到着《とうちゃく》する。

無人駅の入り口で、陽花里が俺に気づいて手を振ってきた。

ぱぁっ、と表情が明るくなる。俺を見つけた瞬間《しゅんかん》の表情がずるい。

そんなの可愛《かわい》くないわけがない。おいおい俺の彼女、可愛すぎるだろ……。

「こんにちはっ！　夏希くん！」

陽花里は駆け寄ってきて、そのまま俺の手を握《にぎ》る。

「はぅあっ」

突然《とつぜん》すぎてキモい声が出ちゃったじゃん。初手全力はやめてください！

「あはは、何その声」

「キモくてごめんなさい……」

「そんなことない。夏希くんは……今日もかっこいいよ」

……おいおい、あまり俺を刺激《しげき》するなよ？　死人が出るぞ。俺だけど。

「い、行くぞー」

「あ、照れてる。可愛い～」

……こ、この女、俺をおちょくりやがって！

かっこいいのか可愛いのかどっちなんだよ！　かっこいいを希望します！

「ここに来たのは、二回目だね」

駅から家までの道を歩く。

さっきと同じ見慣れた景色だけど、今度は陽花里も一緒だ。

それだけで、世界がより一層鮮《あざ》やかに映る。

「一度目は、夏休みだったな」

もう三か月近くも前の出来事なのか。

父親と喧嘩をして、家出をした陽花里が、俺に助けを求めてきた時のこと。

昨日のことのようにも感じるのに、時が経つのは早い。

「あの時はごめんね。突然押《とつぜんお》しかけちゃって」

「いいんだよ。俺を頼《たよ》ってくれて、嬉しかったから」

君が俺を頼ってくれたから、本当の星宮陽花里を知ることができたんだ。

元から好きだった人を、もっと好きになることができた。

「わたしが今こんなに幸せなのは、夏希くんのおかげだよ」

「俺はちょっと手を貸しただけだ。だから、それは陽花里の努力の結果だよ」

「……」

「陽花里？」

突然《とつぜん》黙《だま》ってしまった隣の陽花里に目をやる。

なぜか俯《うつむ》いている陽花里は、ごん、と俺の肩《かた》に額をぶつけてきた。

最近、陽花里が暴力に訴《うった》える時の感情が分かってきた。

「もしかして、照れてる？」

「うるさい。高校デビューくんのくせに……」

赤くなった頬を膨らませながら、陽花里はジト目で俺を睨《にら》んでくる。

「は、はぁ？　何だよ。自称《じしょう》学園のアイドルのくせに……」

思わず反論すると、陽花里は無言でチョップを繰り返してくる。地味に痛い！

「今時暴力系ヒロインは流行《はや》らないぞ」

「わたしは諦めないよ」

諦めないのはいいんだけど、現実に持ち出すのはやめてくれませんかね……？

「ねえ、夏希くんが通ってた学校って、この近くなの？」

ふと陽花里が周囲を見回しながら呟いた。

「あっちの方に十分ほど歩いた先が中学かな。小学校も、その近くにある」

「ちょっとだけ寄り道してもいい？　夏希くんが育ってきた場所、気になるんだ」

「ただの田舎《いなか》の学校だし、別に面白いものはないぞ？」

「いいの。それでも」

念のため確認《かくにん》したけど、陽花里の意思は固いようだ。

「ここだよ、俺が通ってた中学校」

しばらく歩くと、住宅街のど真ん中に学校が見えてくる。

久しぶりに来たなぁ。なんか見覚えのない建物が増えている。

「工事中？」

「そういえば、校舎を新しくするって話をちらっと聞いたな」

「じゃあ、あっちの古いのが旧校舎？」

「そうだな。俺はあっちに通ってた」

「へぇー。そっか。ここに夏希くんが通ってたんだ……」

陽花里は、特に面白くもない旧校舎とその周辺の景色をじっと眺《なが》めている。

グラウンドでは、野球部とサッカー部が練習をしていた。

「中学の時の夏希くんは、どんな感じだったの？」

学校の周りを散歩しながら、陽花里が尋《たず》ねてくる。

「友達もいなかったし、ただの影《かげ》の薄《うす》いぼっちだったよ」

だから陽花里に話せるようなエピソードもない。

本当に、何もないのだ。俺の中学時代はひとりで完結していた。

「でも、小学校の時は友達いたんでしょ？　美織ちゃんと幼馴染《おさななじみ》なんだし」

「そうだな。美織と、あいつ以外にも仲の良い友達が二人いて、いつも四人でつるんでた」

「……それなのに、どうしてぼっちになっちゃったのって、聞いてもいい？」

陽花里は俺の顔色を窺《うかが》いながら尋ねてくる。

「ひとりが転校して、ひとりが離れていって、何となくつるまなくなって、最後に俺と美織が喧嘩した。それっきりって感じだったな。他に友達はいなかったし」

「夏希くんと美織ちゃんが喧嘩したの？　どうして？」

「俺のせいだよ。俺があいつを突き放《はな》したんだ」

くだらない嫉妬心《しっとしん》とか、そういう醜《みにく》い感情で美織を傷つけた。

……正直、あまり深くは語りたくなかった。

陽花里はそんな俺の気持ちを察したのか、「そっか」とだけ呟いた。

「それで結局、中学の時は友達もできないままで……後悔してたから、高校デビューしようと思ったんだよ。こんな自分を変えて、楽しい日々を過ごしたいって」

そんな話をしながら歩いていると、次は小学校の前に到着する。

こっちは何も変わっていなかった。古びた校舎も、だだっ広い校庭も。

「それじゃ、小学校の時の話を教えてよ。ちっちゃい頃の夏希くんと美織ちゃんがどういう感じだったのかも気になるし。ガキ大将だったとか言ってたよね？」

「ああ、それならいくらでも語れるよ。今の美織しか知らない奴《やつ》は信じられないかもしれないけど、昔のあいつは本当にやることなすことぶっ飛んでる奴で――」

小学校時代の面白いエピソードをいくつか抜粋《ばっすい》して話すと、陽花里はからからと笑って楽しそうに聞いてくれた。まあ全部俺が美織に振り回されただけの話なんだけどな。

小学校近くの公園を通りかかる。美織たちとよく遊んだ公園だ。

陽花里は公園の中に入って、ベンチに腰掛《こしか》けた。

ジャングルジムやブランコで子供たちが遊んでいる。ちょっと昔を思い出すな。

「夏希くんはさ、今と小学校の時、どっちの方が楽しい？」

陽花里の問いかけに対して、とっさに言葉を返せなかった。

「……ごめん。変なこと聞いたね。比べるようなものじゃ、ないよね」

「いや、別に謝《あやま》ることじゃないけど……」

どうだろう。

実際のところ、分からない。

小学校時代はもう俺にとって遠い昔だ。だから、楽しかった時の記憶しか残っていないだけかもしれない。あるいは、記憶が美化されているのかもしれない。

「あの頃の俺たちは子供だったからな。今みたいに悩みなんてなかったし、勉強とかも大変じゃなかったし、だから楽しかったとは思う」

それでも、と俺は言葉を続けた。

「今の方が楽しいよ。高校デビューが成功して、みんなと友達になれて、陽花里が隣にいてくれる。やりたかったバンド活動もできたし、頑張《がんば》った結果が出てるんだから」

だからこそ、この楽しい日々を継続《けいぞく》したいと思っている。

美織は諦めるなと言った。だから、足掻《あが》き続けることにする。

「……夏希くんの悩みって、詩《うた》ちゃんと竜也くんのこと？」

陽花里の問いかけに、頷《うなず》きを返す。

「できれば、元の関係性を取り戻《もど》したい」

「……詩ちゃんも、言ってたよ。ちゃんと友達に戻りたいって。でも、まだ気持ちが捨てきれないから、もう少し時間がかかるって。ごめんねって、謝ってきた」

……謝ることじゃないのに、と陽花里は続けた。

「詩ちゃんの方は、待つしかないと思う。待っててって言われたから。夏希くんに対する気持ちも、わたしに対する嫉妬《しっと》も、そういう感情を全部、部活にぶつけるんだって」

「……そんな話をしてたのか。知らなかった」

でも、詩と陽花里は仲が良い。話をする機会は当然、俺よりも多いだろう。

「強いんだ、詩ちゃんは。わたしなんかより、はるかに」

陽花里はぎゅっと、俺の手を握る。言葉にならない感情を抑《おさ》え込むように。

「竜也くんの方はよく分からないけど、何となく夏希くんと距離《きょり》を取ってる、よね？」

「……陽花里からも、そう見えるのか」

「何かあったの？」

「喧嘩みたいなやり取りにはなった。俺が悪いんだけどな」

文化祭の日の出来事を、軽く陽花里に説明する。

「そんなことがあったんだ」

「……まあ別に、それが原因で竜也が俺と距離を置く分には、いいんだ。いや、よくはないけど、俺のせいだから仕方ないとは思う。ただ、俺が一番気になるのは……」

今日までの竜也への違和感《いわかん》を思い出す。

「なんかあいつ……最近、全然楽しくなさそうじゃないか？」

陽花里が俺の言葉を聞いて、目を瞬《まばた》かせる。

「……そう、言われてみれば。なんか最近、真面目だなとは思ってたけど。勉強、すごい頑張ってるし。でも前みたいに、笑ってるところ、あんまり見ないよね」

陽花里の言う通りだった。

凪浦竜也は明るく元気で、声が大きく、よく笑う。感情表現が豊かな男だった。

それが最近は、いつも達観しているような雰囲気《ふんいき》だ。確かに、前よりも勉強にも部活にも真面目に取り組んでいるようだ。でも、これは成長と言うのだろうか？

「……俺は今のあいつ、あんまり好きになれないよ」

竜也が今、そうなっている理由は何となく分かっている。俺は鈍感《どんかん》で、他の人よりも見えている世界は狭《せま》いと思う。でも、同じ失敗を繰《く》り返さない努力はしている。

「どうするの？」

「――元のあいつを取り戻させるよ」

ふと思い出した。春が終わる頃、竜也が俺たちから距離を置いた時のことを。

あの時の竜也は、俺に嫉妬していた。でも今は違《ちが》う。あいつは前に進もうとしている。

だけど、やり方が間違《まちが》っている。それなら、止めるのが友達だろう?

「なんだ。やること、決まってるの?」

「昨日まで悩んでたけど、踏《ふ》ん切りはついたな」

美織に背中を押《お》されたから。俯いていることが馬鹿らしくなった。

結局、前を見て走ることしか俺にはできないんだから。

「……それ、美織ちゃんでしょ?」

「なんで分かる?」

「別に。あーあ、どうせそうだと思った」

陽花里は空を仰ぎながら、呆《あき》れたように言った。

「よしっ」

それから、勢い良く立ち上がる陽花里。

「お散歩にも満足したし、そろそろ行こっか!」

陽花里が差し出してきた手を握って、俺もベンチから立ち上がった。

＊

家に着いて、部屋に陽花里を案内する。

今日は床《ゆか》にカーペットを敷《し》いて、クッションを置き、普段《ふだん》は仕舞《しま》ってある折《お》り畳《たた》み式《しき》のテーブルを展開していた。俺が座《すわ》ると、陽花里もテーブルを挟《はさ》んで対面に座る。

「なんか居心地良くなってる」

「あの日は突然だったけど、今日は準備万端《ばんたん》だから……あ、飲み物取ってくるか」

もう一度立ち上がろうとしたタイミングで、扉《とびら》がノックされる。

「夏希、飲み物とお菓子持ってきたわよ。開けてもいい？」

俺が返事をする前に母さんは扉を開ける。何で聞いたんだよ。

テーブルに、飲み物とお菓子を載せたトレイを置く母さん。

陽花里がぺこりと頭を下げた。

「お邪魔《じゃま》してます。えっと、ありがとうございます」

「いえいえ～。星宮陽花里ちゃんよね？　やだ、写真より可愛い。うちの息子《むすこ》に、こんなに可愛い彼女さんができるなんてねぇ……あ、夏希の母です。よろしくね」

「は、はい。星宮陽花里です……」

母さんの弾丸《だんがん》トークについていけず、陽花里が混乱している。

「駄目《だめ》息子《むすこ》だけど、見捨てないでやってね。最近はなんか頑張ってるみたいだから」

「分かったから、そろそろ引っ込《こ》んでくれ」

母さんの背中を押して部屋の外へと誘導《ゆうどう》する。話し出すと止まらないんだよな。

適当なところで追い出さないと、いつまで経《た》っても二人になれない。

「あ、お邪魔だったわよね。じゃあ、お母さんこれから買い物に行ってくるから。どうぞ寛《くつろ》いでいってね。夕飯までには戻ってくるから」

テンションの高い母さんはそんなことを言って、部屋を出ていく。

ようやく嵐《あらし》が去ったか……と思ったら、母さんが部屋の外に手招きしている。

「何だよ？」

「あんなに可愛い子、逃《に》がしちゃ駄目《だめ》よ。二度と捕《つか》まらないからね」

「分かってるよ、言われなくても」

「それとまだ高校生なんだから、責任取れないような行為《こうい》はしないように」

「は？　いや、そんなことしないって――」

俺の反論を最後まで聞かずに、母さんは家を出ていった。

部屋に戻ると、陽花里がちょっと頬《ほお》を紅潮させて気まずそうな顔をしている。

母さん、内緒話《ないしょばなし》のつもりでも声がデカいんだって……。

「あ、ギターがある」

陽花里は何か話題を探したのか、それとも純粋《じゅんすい》に興味を持ったのか、部屋の端のギタースタンドに立てかけてある俺のギターに視線を向ける。

「なんか弾《ひ》いてよって言ったら、弾いてくれる？」

き、きたーっ！

ギタリストの命題『素人《しろうと》になんか弾いてよって言われた時に何を弾く問題』だ！

まさか俺に訪れる日が来るとは……だが、正解はすでに考えてある。

「おっけー」

俺はドヤ顔で返事をした。

ギターを始めたての時、何度もこのシチュエーションは妄想《もうそう》していたからな。

この瞬間のためにギターを練習したまである。

自宅用の小型アンプに繋《つな》いで、軽く音作りとチューニングをする。

「おおー、かっこいいー」

それだけで陽花里はぱちぱちと拍手《はくしゅ》をしている。

「まだ何も弾いてないんだけど」

「でも、ギター構えてる時の夏希くん、やっぱりかっこいいよ」

「ありがとう。じゃあ、ちょっとだけ」

そう言って、ピックでギターの弦《げん》を弾き始める。

重厚感《じゅうこう》があるのにリズミカルなフレーズを十六分音符《おんぷ》のオルタネイトピッキングでかき鳴らしていく。エアロスミスの『Walk This Way』だ。俺が『なんか弾いてよと言われた時問題』で何年も考え続けた先で導き出した『答え』である。これが一番かっこいい。

適当なところで切り上げて、陽花里の顔をちらりと見る。

陽花里は「お、おおー」と、ちょっと困ったような顔で拍手をした。

あ、あれ？　おかしいな……俺の想定では黄色い声援《せいえん》が上がるはずだが……。

「ど、どうだった？」

「えっと……かっこよかったけど、よく分かんなかったかも」

あはは、と陽花里は困ったように苦笑する。

な、長年考え続けた俺の『答え』が……っ！

いや、本当は分かってたけどね？　何しろ素人が相手だ。

古い名曲よりも、今まさに人気がある曲のフレーズを弾いた方がいいって。

それでも俺は、このリフは古今東西の全人類に届くと信じたかった……。

「でもなんか、聞いたことあるかも？」

「そ、そうだろ？　古いけど、超有名《ちょうゆうめい》な曲だから」

俺がエアロスミスの解説をすると、陽花里は話しやすいように相槌《あいづち》を打ってくれる。

多分あんまり興味ないだろうに、なんて優《やさ》しい恋人《こいびと》なんだ……。

「他にも聞きたいな。文化祭で弾いた曲は？」

陽花里の要望に応えて、文化祭で演奏した曲や、陽花里が好きな曲を弾く。俺の演奏技術はお世辞にも上手くはないけど、陽花里はとても喜んでくれた。

「ありがと、夏希くん」

それからは、一緒《いっしょ》にユーチューブの動画を見たり、陽花里が書いている途中の新作原稿《げんこう》を読んで意見を言ったり、俺が好きなバンドのライブＤＶＤを流したり、そうやって穏《おだ》やかな時間を過ごした。ゆったりとした空気感が、とても心地《ここち》よかった。

「……あれ、もう夕方なんだね」

陽花里の言葉で窓の外を見ると、いつの間にか空が茜色《あかねいろ》に染まっている。

おおむねやりたいこともやりきって、会話がなくなる。でも、気まずくはない。心地の良い沈黙の中、ふと対面に座っている陽花里が、ぽんと自分の隣《となり》の床を叩《たた》いた。

「こっち、来てよ」

クッションを移動させて、陽花里の隣に座る。

すると陽花里が、こてんと自分の頭を俺の肩に乗っける。

あまりの出来事に動揺《どうよう》して硬直《こうちょく》していると、陽花里はそのまま体重を預けてきた。

体勢を崩《くず》しそうだったので、慌《あわ》てて陽花里の腰《こし》に手を回して抱き留《と》める。

「えへへ……作戦成功」

胸元《むなもと》から、陽花里の幸せそうな声が聞こえる。

陽花里は俺の腰に手を回してきた。ぎゅっ、と抱き締《し》めてくる。

「い、いきなりすぎないか？」

「こうでもしないと、抱き締めてくれないかなって思ったから」

そう言いながらも、陽花里はさらに体を押し付けてくる。果てしなく可愛いし、いろいろと柔《やわ》らかいし、なんか良い匂《にお》いするし、このままではどうにかなっちゃいそうだ。

ええい、もうどうにでもなれ。俺も陽花里をさらに抱き締める。

「……ごめん、臆病《おくびょう》で」

「いいんだよ。大切にしてくれてるって、分かるから」

俺は何もできないまま、いつも陽花里に勇気を出させてしまっている。

ちょっと情けないけど、これから頑張っていくしかない。今は、この幸せな時間を堪能《たんのう》する。窓から差し込む夕日が、抱き着いてくる陽花里をほのかに照らしている。

「あのさ……夏希くん」

「うん？」

陽花里が胸板に顔を押し付けたまま話しかけてきた。

「……わたし……普通《ふつう》の子より……ちょっと、えっちなのかも……」

はい？　今、なんて……？

突然のとんでも情報に、返事すらできずに硬直する俺。

陽花里は自分で言っていて恥《は》ずかしいのか、耳まで真っ赤にしている。

「そう、なの？」

辛《かろ》うじてそれだけ反応すると、こくりと陽花里は頷いた。

「だって……こうしてる時も、もっと夏希くんに触《ふ》れたいって、思っちゃうし……」

俺の心の中で、本能という名の獣《けもの》が雄叫《おたけ》びを挙げている！

これまでこいつを縛《しば》り付けていた理性という名の鎖《くさり》がギシギシと音を鳴らす！

「……陽花里」

「夏希くん……」

うっとりした表情の陽花里が、顔を上げる。視線が合う。目が離《はな》せなくなる。

そのまま、距離が近づいていったタイミングで――

「お兄ちゃん！　星宮先輩《せんぱい》が来てるって聞いたんだけど、ほん、と…………？」

ガラッと部屋の扉が開いて、勢いよく波香が入ってきた。

そのまま数秒、空白の時間が訪れる。

お互《たが》いに、状況《じょうきょう》の理解に時間がかかっているのだろう。

俺《おれ》はなぜか妙《みょう》に冷静だった。波香の登場で、逆に現実に戻ってきた感じですね。

それはそれとして、この状況は流石《さすが》にまずい。正直、今の俺と陽花里は、どう見てもそういうことをする直前にしか見えない。波香の顔がみるみるうちに赤く染まっていく。

「あ、あのっ！　波香ちゃん！　えっと、違くて……っ！」

何が違うんだろう。俺は無駄に冷静な頭の片隅《かたすみ》でそんなことを考えた。

「ご、ごめんなさーいっ！　失礼しました！」

波香は扉をバタンと閉める。どたどたと階段を駆け下りる音が聞こえてきた。

陽花里は俺の体から離れ、恥ずかしそうな顔で服と髪《かみ》を整える。

正直俺としては、本能という獣が暴走する寸前だったので、逆に波香が登場してくれてほっとしている気持ちと、残念という気持ちが混合して、複雑な心境だ。

「あの……夏希くん。ちゃんと弁明しといてね。その、違うんだってこと。別にその、そういうことをしようとしたわけじゃなくて、なんか、あれだっただけなんだって」

しどろもどろすぎて何を言っているのか分からないが、とりあえず陽花里の言葉に頷きを返しておく。言われなくても、後で波香にはきつく教えておくつもりだ。

人の部屋を開ける時は、ノックしようね。

*

楽しい週末が過ぎ去り、再び平日が始まる。

球技大会前日。普通の授業の最中も、少し浮足立《うきあしだ》っている感じだ。

こそこそと球技大会の話が各所でされており、なんやかんやでみんな楽しみにしているらしい。だが、普段ならそんな会話を率先《そっせん》してやりそうな竜也はずっと黙っていた。

「小テストの結果を発表する。今回は珍《めずら》しく百点が出た」

そんな数学の授業中、村上先生が前回実施《じっし》した小テストの答案用紙を取り出す。

村上先生の数学は、定期的に小テストを実施している。だが、定期テストと比較《ひかく》しても相当難しいので、俺でも百点を取ったことはない。誰《だれ》が百点を取ったんだろう？

「呼ばれた順で取りに来い。——凪浦竜也。最近、頑張ってるな」

ええっ⁉　と、教室中が驚《おどろ》きの声で溢《あふ》れる。

竜也は特に自《じ》慢《まん》げでもなく、気《け》怠《だる》そうな顔で答案用紙を取りに行った。

「タ、タツ⁉　どうしちゃったの⁉」

「……いや、どうもこうも、普通に勉強してるだけだ」

詩が驚きながら話しかけるも、竜也はそんな風に返答する。

それから点数順に名前が呼ばれる。二番目に呼ばれたのは九十二点の俺だった。

答案が全員に配られたタイミングで、村上先生はクラス全体を見回す。

「凪浦を見習い、他の者も勉学に励《はげ》むように。毎日の積み重ねが成績に繋がるからな」

そんな言葉で授業が締めくくられ、終《しゅう》了《りょう》の鐘《かね》が鳴る。

「ちょっとタツ！　あたしたちの『頭悪い同盟』はどうしちゃったの⁉」

「そうだよ！　わたしたち三人の固い絆《きずな》は嘘《うそ》だったの⁉」

さっそく詩や陽花里が竜也の席に向かったので、俺も近づいていく。

というか『頭悪い同盟』って何？　そこの三人でそんな同盟を組んでたの？

「そんな訳の分からねえ同盟をした覚えはないぞ」

竜也は普通に否定した。そうだよね。訳が分からないよね。

「そ、そんなぁ……裏切られちゃった！　ヒカリン〜！」

「そうだよね、詩ちゃん。許せないよね。わたしは裏切らないからね」

なぜか二人で慰《なぐさ》め合っている。そんな二人を七瀬が呆れた目で眺めていた。

「陽花里ってそんなに成績低かったっけ？　並ぐらいだったような」

「最近は詩と同レベルよ。小説と貴方《あなた》にかまけていたせいじゃないかしら」

詩と陽花里が竜也に喚《わめ》いている間、七瀬とひそひそ話をする。

「まさか俺のせいだって言うのか？」

「半分は貴方のせいよ。ちゃんと勉強させなさい」

七瀬は冷ややかに言った。は、はい……ごめんなさいママ……。

「……そもそも前回の中間テストで、凪浦くんは六十位よ。本人は話してないけれど」

六十位ってことは、全体が二五〇人なので上位の成績と言える。

一学期は最下位寸前だったことを考えれば、圧倒的《あっとうてき》に成績を伸《の》ばしている。

「……なんで七瀬はそれを知ってるわけ？」

「私と凪浦君は結構仲良いわよ？　たまに勉強も教えているから」

そうなのか……ちょっと意外だ。

当たり前だけど、俺がいないところでも人間関係は変わっていくのだと実感する。

「……何こそこそと話してんだ？」

竜也が、俺と七瀬を見て怪訝《けげん》そうに問いかけてくる。

「褒《ほ》めてるのよ、貴方のこと。百点を取るなんて、すごいじゃない」

「たかが小テストだろ。定期テストじゃこう上手《うま》くはいかねえよ」

ふん、と竜也は鼻を鳴らす。

照れ隠《かく》しというよりは、本気でそう思っている。

「なんか心境の変化でもあったの？」

陽花里の問いかけを受けて、竜也はぽりぽりと頭をかく。

「まあ……ちょっとな。勉強も部活も、頑張ろうと思っただけだ」

遠い目で窓の外を見ながらそう言って、竜也は立ち上がる。

「ちょっとトイレ」と言い残して歩き出した竜也の服の裾《すそ》を、詩が掴《つか》んだ。

「……なんかタツ、最近元気なくない？」

意を決したように、詩が問いかける。

「……そうか？」

「普段なら、もっと喜ぶじゃん！　百点取ったんだからさ！」

「まあ、そうかもな。ちょっと前までの俺なら。別に嬉《うれ》しくないわけじゃねえよ」

竜也は淡々《たんたん》と言って、「んじゃ、今度こそトイレ」と言って去っていく。

詩はその背中を、不満そうな表情で眺めていた。

陽花里や七瀬と視線が合う。怜太も近づいてきた。

「頑張ってるのはすごいけど、いつもの竜也じゃないね」

「どうしちゃったのかな……？」

そんな風に首をひねる詩を、七瀬が複雑そうな表情で見ている。

「……私が言うことじゃないわね」

ぼそっと、そんな七瀬の呟《つぶや》きが聞こえてきた。

「夏希、ちょっといいかい？」

怜太に手招きされ、ベランダに出る。

ゆるい風が吹《ふ》いていた。怜太は手すりに肘《ひじ》をついて、校庭の方を見る。

「夏希も気づいているんだろ？　竜也が今頑張っている理由」

「……まあ、想像はついてるけど」

俺になら詩を任せられると、竜也は言っていた。だけど俺は詩を振《ふ》った。

詩の望みが叶《かな》わないのなら、自分の手で幸せにしたい。

そのために、詩が好きになった俺よりも、さらに優《すぐ》れた男になろうとしている。

──多分、そんな感じだろうと思っている。

「あまり感情を見せなくなったのは目標が高いからだね。この程度じゃ、まだまだだと常に思ってるから、ああいう言動になる。竜也は分かりやすいからね」

「頑張ってるのはいいことだと思うけど、ずっとあんな感じだと疲《つか》れるだろ」

「そうだね。何より僕《ぼく》たちが好きになった竜也じゃない。今の竜也は、つまらない」

はっきりと言う怜太の横顔は、少しだけ怒《おこ》っているように見える。

「だから夏希。僕らで、元の竜也を取り戻そう」

「ああ。俺たちと一緒に馬鹿やってる時の楽しさを、思い出させてやる」

拳《こぶし》を突《つ》き出してきた怜太に、こつんと拳を合わせた。

俺も、怜太も、個人的な理由だ。

仮に今の竜也が成長の結果だとしても、それは俺たちが面白《おもしろ》くない。

いつも馬鹿馬鹿しい話ばかりで、声がデカくて、短気で、ちょっと強引《ごういん》で、そのくせ繊《せん》細《さい》で面倒臭《めんどうくさ》いところもあるけど、俺たちはそんなあいつが好きで、友達なんだ。

──だから、取り戻そう。

＊

その日の放課後。三度目の実行委員会が実施された。

今日は段取りの確認と事前準備をしたぐらいで、すぐに終了した。

いよいよ明日は球技大会本番だ。

俺も実行委員として、審判《しんぱん》とか調整とかクラスのまとめ役とか役割がある。

「夏希。今日もちょっと練習しませんか？」

一年生の実行委員四人で廊下《ろうか》を歩いていた時、鳴が言った。

「お、やるか？　俺も自主練しようと思ってたんだよな。本番明日だし」

「……それじゃあ、私も行こうかな。今日はどうせ暇《ひま》だから」

意外なことに、美織が参加の意思を示した。

「部活はないのか？」

「今日はオフだよ。二週間に一回は休みあるから」

「そのオフをバスケに使っていいのかよ？」

「今度こそ、あなたより私の方が上だと証明しないといけないからね」

「無駄《むだ》な努力、ご苦労様です」

肩をすくめると、美織は「何だとぉ」と睨みつけてくる。

俺たちがそんなやり取りをしていると、船山さんが問いかけてきた。

「あの、私もお邪魔してもいいですか。バスケに出場するわけじゃないし、役には立たないんですけど……皆《みな》さんが練習してるところ、見てみたいんです」

船山さんは明言しなかったが、みんな分かっている。鳴と一緒にいたいのだろう。

「いいよな、鳴？」

「も、もちろんです！」

ぶんぶんと何度も首を縦に振る鳴。ちょっと落ち着け。

「それじゃ、みんなで行くか」

今日は市民体育館のコートで練習することにした。

個人利用なら格安で使えるし、平日の夜なら人も少ないはずだ。

駅を通り過ぎた先の市民体育館に到着《とうちゃく》する。予想通り、他の利用者はいないようだ。

体育館シューズに履《は》き替《か》えて、市民体育館の床を踏みしめる。

ボールはこの前買ったやつを鳴が持ってきていたし、ここで借りることもできる。

流石に一個だけだと練習には足りないので、もう一個借りることにした。

「明日、バスケ出るんでしょ？　調子はどうなの？」

「良い感じだよ。何回か自主練してるし」

鳴や美織と公園で練習した時を含《ふく》め、三回ほど自主練をしている。

体育の時間もバスケできるし、だいぶ勘《かん》は取り戻していた。

「かなり本気じゃん」

「たかが球技大会って言う人もいるだろうけどな」

「何事にも全力なのは、あなたらしいよ。私も、その方が楽しいと思う」

美織が打ったボールは、綺麗《きれい》にネットへと吸《す》い込まれていった。

上手いな。相変わらず綺麗なシュートフォームだ。

「は、入りました！」

「わ！　ナイス！　すごいです！」

一方、鳴たちは反対側のゴールで、練習しながらイチャイチャしている。

シュートを何本も打ち続ける鳴を、船山さんが応援《おうえん》していた。

「どうなることかと思ったけど、結局は順調だな」

「お互いに、何となく相手の気持ちに気づいてるからね。これで、上手くいかないわけないよ。あなたと陽花里ちゃんの時より、よっぽど簡単な仕事だったね」

美織は淡々と語る。流石は俺のスーパーアドバイザー。元だけど。

「あっちは放っておいて、私たちは一対一だよ」

「本当は鳴に教えるはずだったけど……ま、後でいいか」

今日も今日とて美織との一対一。だいたい七対三ぐらいの割合で勝ち越《こ》している。

美織がムキになって「もう一本！」と言った時、入り口の扉が開く。

「え……？」

美織が驚いたように目を見開く。

入り口から入ってきたのは怜太と岡島くん、日野、そして陽花里だった。

「やあ、美織」

「れ、怜太くん？　なんでここに？」

「夏希に誘《さそ》われたんだ。部活終わって余裕《よゆう》あれば、一緒に練習しないかって」

僕もバスケに出場するからね、と怜太は続ける。

「どうせならと思って、日野や岡島も誘ってみたんだよね」

「同じ部活だし、怜太が行くってんなら俺も行くってことで、来たぜ！」

岡島くんは白い歯を見せて、親指を立てる。

「ちょうど暇だったからな。市民体育館なら家も近いし」

日野は軽く笑って、肩《かた》をすくめた。

「わたしは文芸部の活動終わって、みんなとばったり会ったから、応援しに来たの」

陽花里が微笑《ほほえ》んだ。あまりにも天使すぎる。今日も最高に可愛《かわい》い。

「……ところで、竜也は？」

「帰って勉強するってさ。球技大会でガチになっても仕方ないって」

怜太は竜也の言動を再現して、ため息をつく。

「あの野郎《やろう》、急に良い子ちゃんになりやがってよ。この前も百点取りやがった」

「なんか様子おかしいよな？　あんな奴だったっけ？」

岡島くんは憤《いきどお》り、日野は首をひねっている。

「……まあ、いいさ。俺たちだけでも練習しよう」

それからは鳴も交えて、三対三の実戦的な練習をした。

俺、鳴、岡島くん対美織、怜太、日野という組み分けでバランスを取っている。

「船山さんだね。わたし、星宮陽花里」

「は、はい……よく知ってます。最近は有名人とよく知り合うなぁ……」

「え、わたしって有名人なの？」

「もちろん、星宮さんはこの学園のアイドルですから」

「あはは、そんなことないよ～」

船山さんと陽花里はそんな俺たちを応援しながら、二人で話している。

すでに仲良くなっているように見えるな。流石は陽花里の圧倒的コミュ力だぜ。

「鳴。パス出したら周り見ろ。困ったら俺に戻せ」

「は、はい！　戻します！」

実戦的な練習をしているうちに、鳴も使えるようになってきた。

「上手くなった実感あるだろ？　後は練習の成果を、本番で発揮するだけだな」

「い、行けますかね……？」

「大丈夫《だいじょうぶ》だよ。自信持ってやれ」

鳴の背中を叩く。実際、鳴はよく頑張っている。

聞いた話だと、四組はバスケ部の木島くんも出るみたいだし、結構強そうだ。

「でも、夏希たちと一回戦で当たるんですよね……」

そう、悲しいことに一年二組の対戦相手は、一年四組に決まっている。

「そこはくじ運だからなぁ」

「ははは……自分の不幸を恨《うら》みますよ……」

それからも三対三の練習を続けたが、程々《ほどほど》のところで切り上げることにした。

「今日はこのへんにしとくか」

「もう終わりなのか？　俺はまだまだできるぜ？」

「まあ明日に響《ひび》いたらよくないよなぁ。夏希の言う通りにしとこうぜ」

俺たちはともかく、怜太たちは部活が終わった後の参加だからな。体力的にも時間的にもこれ以上の練習はやめた方がいい。頑張りすぎて体を壊《こわ》したら本末転倒《ほんまつてんとう》だ。

「それじゃ、ちょっと顔を洗ってくる」

市民体育館の外に出ると、すっかり真っ暗だった。

汗《あせ》だくの体に、ひんやりとした風が心地いい。

水道の蛇口《じゃぐち》をひねり、水をがぶ飲みしてから、汗をかいた顔を洗う。

「……ふぅ、さっぱりした」

みんなのところに戻ろうとした時、暗闇《くらやみ》の奥《おく》から話し声が聞こえてくる。

裏口の方に誰かいるのか？　ひょこっと覗《のぞ》くと、船山さんと美織が話している。

何してるんだ、あんなところで？

「いろいろと協力してくれて、ありがとうございました」

「ううん、別に大したことはしてないし。私はほとんど見守ってただけだよ」

「それでも、勇気を貰《もら》えたので。後は明日、告白するだけです」

「頑張ってね。きっと成功するよ」

若干《じゃっかん》途切《とぎ》れ途切《とぎ》れだけど、そんな会話をしている。

俺が鳴に協力していたように、美織は船山さんに協力していたから、そのお礼を言っているようだ。……というか明日、鳴に告白するつもりなんだな。展開が早いぜ。

「あの、勘違《かんちが》いだったら申し訳ない、単純な疑問なんですけど……」

「うん？　何でも聞いてよ志月ちゃん」

言いにくそうに口ごもっていた船山さんは、覚悟《かくご》を決めたように問いかけた。


「――美織さんって、灰原くんのこと、好きですよね？」


時が止まったように感じた。

ひゅるる、と風が吹いて落ち葉が舞《ま》う。

……は？　いくら何でも、それはないだろう。

あまりにも予想の外すぎて、思考が固まってしまった。

不思議なのは、そう指摘《してき》された美織が黙《だま》っていることだった。

普段の美織なら、軽く笑い飛ばす気がするのに……どうして、何も言わない？

これじゃ、まるで――。

『あなたのこと好きって言ったら……どうする？』

美織は苦笑いをして、否定する。

「やだな、志月ちゃん。冗談《じょうだん》きついよ。私の彼氏《かれし》は怜太くんだよ？」

……そうだよな。船山さんの勘違いだよな？

経験則的に、俺と美織は思っているよりも仲良く見えちゃうんだろうな。

「灰原ー？　そっちにいるのか？」

おっと、日野たちが俺を探しているらしい。

タオルで顔を拭《ふ》いてから、体育館の入り口付近に戻《もど》る。

「お、いたいた」

「悪い悪い。ちょっと顔洗ってた」

照明の灯《とも》った空間で、日野たちが俺を待っていた。

あの二人も、そのうち戻ってくるだろう。

＊

「……それを知っているから、聞いたんです」
「……だったら、何も言わないでよ」

第三章　球技大会

そして球技大会当日になった。

体育館とグラウンドの周辺には、相当な人数が集まっている。

うちの学校にもこんなに人数がいるんだな。全校生徒だから、だいたい八百人弱か？

おっと、感心している場合じゃない。実行委員の仕事があるからな。

「えーっと、第一コート、まずは三年二組対二年一組です！　準備してください！」

できるだけ大きな声で宣言する。

スケジュール表の通りに、試合を進行していかなくちゃいけない。

俺と美織《みおり》の担当は第一コートのバレーボールだ。

「球技大会自体は非日常感あって楽しいけど、やっぱ実行委員は面倒《めんどう》だね……」

「今更《いまさら》文句を垂れるな、美織。別に大した手間でもないだろ」

審判はバレー部に頼《たの》んでいるので、試合中はスコアボードのめくり担当だ。

なおシフト制なので鳴《めい》たちは自由時間だ。タイミングを見て俺たちと交代する。

「はぁ、志月《しづき》ちゃんたちは何してるのかな？」

「普通に、それぞれのクラスの応援でもしてるんじゃないか？」

流石に白昼堂々とイチャつけるほど、度胸が据《す》わってはいないない気がする。

「そういや、船山《ふなやま》さんは鳴に告白するんだっけ？」

雑談として問いかけると、美織は急に息を止めたように硬直する。

「……それ、本人に聞いたの？」

「いや、昨日二人で話してただろ？　それが、ちょっと聞こえただけなんだけど」

「そ、そっか、ちょっとだけ、だよね？」

「ああ。それがどうかしたか？」

「何でもない。全然。何もないけど。ばーか。あほ。間抜《まぬ》け」

「何でもないいならなんで急に罵倒《ばとう》!?」

美織は胸に手を当て、はーっ、と大きく息を吐《は》く。

「……そうだね。確かに言ってたよ。篠原《しのはら》くんに、告白したいって。実行委員で交流の機会が増えて、好きって気持ちが大きくなったんだって」

「そりゃ何よりだな。鳴はまだ勇気が出ないみたいだから、先を越されるわけだ」

「女の子としては、男の子から告白されたいけどね？」

「男の子としても、自分から告白したいって気持ちはあるよな。両想《りょうおも》いだと分かってる状態なら、後は勇気の問題だから、先に言われたらちょっと情けなく感じるかも」

「でも、そんな夏希《なつき》は二人の可愛い女の子に告白されて、選択《せんたく》を迫《せま》られてなかった？」

「そんな情けない自分を変えたかったから、あんな舞台《ぶたい》で告白したんだよ」

普段《ふだん》の俺ならやらない。フラれたら黒歴史確定だ。だからこそ意味があると思う。

「……かっこいいな、夏希は。私も、あなたみたいになりたいな」

美織がそう呟いた時、審判役《しんぱんやく》の二年生が笛を鳴らす。

三年二組対二年一組の試合が始まった。

「お前が、俺みたいになりたい？　何の冗談だよ」

「あなたは、覚悟を決めたら迷わないでしょ？　そういうとこ、尊敬してるんだ」

「お前が俺を褒めるなんて、今日は雨でも降るのか？」

茶化《ちゃか》しても、美織からの返答はなかった。どうやら本気で言っているらしい。

……最近、様子がおかしいな。

公園で練習した時も思ったけど、元気がない。

「そっち、点入ってるよ？」

「あ、ああ。悪い悪い」

ぼうっとしている場合じゃないか。しばらく点数係の役割に集中する。

「なかなか盛り上がってるな……」

点が決まるごとに、三年生の応援席《おうえんせき》から歓声《かんせい》が上がっていた。

「毎日受験勉強なんだし、こういう機会にストレス発散したいんじゃない？」

美織は点数を加算しながら、端的《たんてき》に推測する。

三年生の気合の入り方が他の学年と一味違《ちが》うのは、そういう事情か。

「文化祭も終わったし、これが最後のイベントだもんな」

「……うん。楽しそうだね」

「……美織」

「元気だよ、私は。心配しなくても、大丈夫」

先手を打つように、美織は言った。

「だけど俺のせいなんだろ？」

「それは嘘だよ。本当はわたしのせい。だから、気にしないで」

そう言われてしまうと、何も返せなくなる。

「――今日の試合、頑張《がんば》ってね。怜太《れいた》くんのついでに応援してあげるよ」

美織は粘《ねば》ろうとする俺を断《た》ち切るように、そう告げた。

＊

実行委員の仕事のシフトを終え、クラスのみんなと合流する。

ちょうどグラウンドでは、女子サッカーの試合が始まったところだった。

一回戦。一年二組対二年一組。うちのクラスが出場している。

フィールドでは、詩《うた》が小さな体を駆使《くし》してボールを転がしている。

「詩ちゃん！　唯乃《ゆいの》ちゃん！　頑張って！」

ベンチから陽花里《ひかり》たちが大きな声で応援していた。

詩は立ち塞《ふさ》がる敵を何人も抜《ぬ》き去って、ドリブルをしていく。

「上手いな、詩」

「まあ僕たちとよくサッカーやってたからね」

俺の呟きを怜太が肯定《こうてい》する。

フィールドでは、詩からパスを受けた七瀬《ななせ》がボールを持っている。

七瀬は詰《つ》めてくる敵から無難にボールを保持して、前にパスを出した。詩ほどじゃないけど、七瀬も普通に上手いな。まあ七瀬の問題は体力なんだけども。

「……」

竜也《たつや》は無言で、腕《うで》を組みながらフィールドを眺《なが》めている。

その目はずっとどこか遠くを見ていて、つまらなそうな表情をしていた。

「竜也、応援しないのか？」

「……ん？　ああ、そうだな。応援するか」

問いかけると、竜也は普通にみんなに交じって応援し始める。

ただ、その応援はあくまで最低限で、形式的にやっていると分かる。

普段の竜也なら、良《よ》し悪《あ》しはさておき、みんなの先頭で野次《やじ》を飛ばすだろうから。

「ナイス！」

「詩ちゃんすごい！」

周囲から大きな歓声が上がる。

敵と味方が入り乱れてごちゃごちゃしたゴール前で、詩がゴールにねじ込《こ》んだらしい。

——その一点を最後まで守りきり、試合が終了する。一年二組の勝利だ。

「お疲れー」

ベンチに戻ってくるサッカーの出場メンバーを労《ねぎら》う。

「も、もう疲れたわ……」

七瀬は青い顔でベンチに座《すわ》り込んだ。

「だ、大丈夫？」

「後は任せたわ、陽花里……」

ふらっと倒《たお》れ込み、陽花里の膝《ひざ》に頭を預ける七瀬。

「ええっ⁉　ちょっと、唯乃ちゃん⁉」

コントかな？　笑いを堪《こら》えていると、大活躍《だいかつやく》だった詩が近寄ってくる。

「ナイスゴール、詩」

そう言いながら、片手を上げる。

一瞬《いっしゅん》だけ目を瞬《まばた》かせた詩は、会心の笑《え》みを浮《う》かべて俺の手を叩《たた》いた。

「──ありがと、ナツ！」

向日葵《ひまわり》が咲《さ》いたような笑顔《えがお》だった。

「まずは一回戦突破《とっぱ》だね」

怜太の言葉に、詩は勢いよく頷《うなず》く。

「うん！　次は三年生が相手だから、頑張らないとっ！　あれ？　ていうか、その前にバスケの試合があるよね？　十一時から一回戦って話だった気がするけど」

詩が首をひねり、実行委員の俺を見る。

俺たちバスケチームは十一時から一回戦の予定だ。

「ああ。そろそろ準備しないとな」

「あたしたちも片付けたら応援行くね！」

「おっけー。期待しててくれ。絶対勝つから」

嬉しかった。こんな風に、違和感《いわかん》なく詩と会話できたのは久しぶりだった。

俺は何もしていない。多分、詩の中で区切りをつけたのだろう。

＊

十一時。軽くウォームアップをして、コートに乗り込む。

俺たちの一回戦の相手は、一年四組だ。

「整列してください！」

審判の言葉に従い、センターラインを挟《はさ》んで四組の生徒たちと向かい合う。

俺の対面では鳴がガタガタと震《ふる》えていた。

「あ、あわわわわわ……」

「緊張《きんちょう》しすぎだろ。肩の力抜《ちからぬ》け。深呼吸しろ」

「すーっ、すーっ、すーっ、すーっ……」

「違う、そうじゃない。ずっと吸うな。吐け。息を吐け」

「はぁっ、はぁっ！　ご、ごめんなさい……」

あまりにも慌《あわ》ただしい。俺《おれ》たちのやり取りを見て、四組の生徒も苦笑《くしょう》している。

「悪いけど、鳴。手は抜かないからな」

「分かってますよ。僕だって、そんな勝利は望んでません」

ちらりと観客席を見ると、船山さんが祈《いの》るようなポーズで鳴を見ている。

「好きな女の子に応援されたんです。苦手なことでも、頑張るしかないじゃないですか」

鳴の決意を見て、思わず笑みが零《こぼ》れた。いつの間にか頼もしくなっている。

「夏希くん！　頑張って！」

味方ベンチの方から陽花里の声が届く。軽く手を挙げて答えた。

それだけで、黄色い声援《せいえん》やからかいの野次が聞こえてくる。有名すぎるだろ。

何となく周囲を見回すと、二階に美織の姿が見えた。美織も、俺が気づいたことに気づいたのだろう。呆《あき》れたような顔で、口元だけを動かす。聞こえなくても分かる。

「負けるな、夏希」

……いいぜ、美織。昔と同じだ。お前が望むなら、俺は負けない。

「よろしくお願いしまーすっ！」

全員並んで挨拶《あいさつ》をしてから、試合が始まる。

センターサークルで天高くボールが舞う。

うちの岡島くんとの競《せ》り合いに勝ち、ジャンプボールを制したのは四組だった。

ボールが回ったのはバスケ部の木島くんだ。五番のビブスを着ている。

――先手必勝だ。最初に流れを掴んでやる。

木島くんが何気なくドリブルをつき始めた瞬間《しゅんかん》、大地を蹴《け》る。低い体勢で手を伸ばすと辛《かろ》うじてボールに手が当たる。「やべっ⁉」という声を耳元で聞きながら加速した。

零れたボールを拾い、ドリブルをつきながら走り出す。

木島くんが後ろから追いかけてくる。

俺は強引にレイアップの体勢に移行する。木島くんも同時に跳躍《ちょうやく》してブロックしようとしたが、そもそもシュートを打つ気はない。ボールを背中に回して手放した。

「――ナイスパス」

俺と同時に駆《か》け出していた怜太がパスを受け取り、ゴール下シュートを決める。

わぁっ、と歓声が上がった。味方ベンチが盛り上がっている。詩や陽花里は身を乗り出しそうな勢いだった。危ないからもうちょっと下がっておいた方がいいぞ？

「ちっ、油断したぜ」

木島くんは舌打ちをしてパスをもらい、再びボールを運んでくる。

そのマークについたのは俺だ。

竜也には、背の高い三番の生徒についてもらっている。

トップの位置までボールを運んできた木島くんは、俺を見て目を細めた。

「——竜也じゃないとは、舐《な》められたもんだぜ」

仕掛《しか》けてくる。右ドライブからレッグスルーでの切り返し。鋭《するど》く左足を踏《ふ》み込んで俺を振り切る——が、その後ろから手を伸ばして、ボールだけを指先で小突《こづ》いた。

「何っ⁉」

零れたボールを竜也が拾う。その瞬間、俺は前に走り出した。

竜也は俺の挙動を見て、前にボールを投げ出す。ワンバウンドして、ボールは俺の前に転がった。何とか追い付き、体勢を整えながらドリブルをつき、レイアップをする。

ゴールが決まり、これで二点追加だ。

「お、おい竜也。ボール、勢い強すぎないか？」

流石《さすが》にちょっと疲れたので、竜也に苦言を呈《てい》する。

「お前なら追い付くと思ったんだよ」

「そう言われると、悪い気はしないけどさ……」

ちょっと適当だよなぁ、やっぱり。

露骨《ろこつ》に手を抜いているわけじゃないけど、そう感じる。

「悪い！　今度こそ一本決めよう！」

そんな竜也とは違って、俺と相対する木島くんは気合十分といった感じだ。

今度の攻《せ》めは、純粋《じゅんすい》なドライブだった。でも、それぐらいなら反応できる。進行方向に先回りすると木島くんは踏み込んだ足を止め、バックステップする。

「篠原！」

木島くんからのパスを受け取ったのは七番の鳴だった。

「は、はい！」

鳴はコーナーにいる三番に、受け流すようにパスを出した。

最初はパスがまともにできなかったことを考えると、かなり成長している。

鳴からボールを受け取った三番は、そのままシュートを打つ。

山なりの軌道《きどう》を描《えが》いたボールはリングに当たり、上空へと弾《はじ》かれる。

竜也は浮いたボールをがっちりと掴み、リバウンドを取った。

……そもそも本気の竜也なら、あんなシュートは打たせないだろうな。

まあ、今はいい。それよりも速攻《そっこう》だ。走り出す。

竜也から怜太へ、怜太から俺へと、流れるようにパスが出る。

ウイングの位置でボールを受け取ると、木島くんだけが俺に追い付いてきた。

仕掛ける、と見せかけて上にパスを通した。岡島くんが走り込んでいる。

岡島くんは俺からのボールを受け取り、少し体勢を崩《くず》しながらもシュートを打った。

しかし、リングにボールが弾かれる。そして敵にボールを拾われた。

「げ、マジかよ！」

なんとリバウンドを拾ったのは鳴だ。どうやら全速力で自陣《じじん》に戻っていたらしい。

「木島くん！」

「ナイスだ篠原！」

鳴は木島くんにパスを出し、木島くんはもう一度鳴にパスを出す。

そうやってディフェンスを潜《くぐ》り抜け——カウンターだ。俺も戻っているが、これは追い付けない。自陣にいるのは竜也だけだった。木島くんは鳴を囮《おとり》にして、一番の生徒にパスを出す。一番はコーナーからシュートを打った。しかし、リングに弾かれる。

そもそも素人《しろうと》バスケのシュートなんて、ほとんど外れると思った方がいい。大事なのはリバウンドだ。ごちゃごちゃしたゴール前で、竜也が圧倒的《あっとうてき》にリバウンドを制する。

観客が息を呑《の》む音が聞こえた気がした。

ジャンプ力も、パワーも、レベルが違う。やはり竜也は怪物《かいぶつ》だ。

「来いよ、竜也」

木島くんの挑発《ちょうはつ》を竜也は相手にせず、左ウイングの怜太にパスを出した。

怜太から日野、日野から俺へとボールが回ってくる。

俺のマークは今、三番の生徒がついている。腰《こし》を落とし、手を広げている。ディフェンスをしているつもりなのだろうが――端的に言って、隙《すき》だらけだった。

実戦で難易度の高い技術は必要ない。基本的な技術を高いレベルで体現するだけだ。

視線が交錯《こうさく》する。右を見る、と同時に前に体を振《ふ》る。

三番が反応して地面を蹴った。それを確認《かくにん》してから逆にドライブをする。

――フェイクは、最も単純で効果的な技術だ。

あっさりと三番を抜き去り、カバーに入ってきた鳴をクロスオーバーでかわす。

シュートフェイクから岡島くんにパスを出した。

俺がディフェンスを三人引き付けたので、ゴール前でフリーだ。

ボールを持った岡島くんが今度こそシュートを決める。

おおお、と歓声が上がった。

――これでいい。

ほっとした瞬間、木島くんが前にボールを投げた。

「篠原ぁっ！」

まずい。油断した。速攻だ。鳴が俺たちのゴールに向かって走り込んでいる。

「あいつ……っ！」

自分なりに役立つ方法を考えたのだろう。

技術がなくても、走れる奴《やつ》は厄介《やっかい》だ。今みたいに速攻を出せる。

パスを受け取った鳴は一度ゴール前で止まり、ゆっくりとシュートをした。

ボールはバンクに軽く当たり、確かにネットへと吸い込まれる。

「ナイス！」

四組の生徒たちが鳴に声をかける。

鳴は荒《あら》い息を吐きながら、その声掛《こえか》けに応じていた。

「ナイス！　篠原くん！」

船山さんの声が聞こえてくる。こんなに大きな声を出せるんだな。

そっちを見ると、船山さんは周囲の女子生徒にからかわれて顔を真っ赤にしていた。

鳴は会心の笑みを浮かべてガッツポーズをする。良い顔するじゃん。

でも、悪いな。ここで負けてもらうぞ。

今度は俺たちのオフェンスだ。怜太からのパスをコーナーで受け取る。

対面は三番だが、木島くんがいつでもカバーに入れる位置に陣取《じんど》っている。

抜くのは厳しい。だから、その選択は取らなかった。

ドライブフェイクから、パスを出すフェイク——から、真上に跳躍した。ボールを胸元《むなもと》から頭上に持ち上げると共に、手首をスナップさせる。人指し指と中指で押《お》し出した。

「なっ……」

絶句した木島くんが頭上を仰《あお》ぐ。

スリーポイントシュートが音もなくネットに吸い込まれる。

前半終了《しゅうりょう》の笛が吹《ふ》かれたのはその直後だった。

「ナイス灰原《はいばら》！」

「灰原くん上手《うま》すぎなんだけど！」

ベンチに戻ると、盛り上がっているクラスのみんなに歓迎《かんげい》される。

この時間は各種目被《かぶ》っていることが多いので、ここにいるのは三分の一ぐらいだ。

だけど、普段の面子は全員こっちにいる。

「はい、夏希くん」

陽花里から水筒《すいとう》を受け取り、喉《のど》を潤《うるお》す。

スコアボードに目をやる。前半は圧倒的にリードしている。ここまでは順調だ。

「いいじゃんいいじゃん！　勝てるぜ！　やっぱり灰原はすげえなぁ！」

上機嫌《じょうきげん》な岡島くんに背中をバシバシと叩かれる。痛いって。

「油断するなよ。まだ逆転できる点差だからな」

「はっはっは、わーかってるって。灰原は真面目だなぁ」

俺たちがそんな会話をしていると、無表情の竜也が席を立った。

「ちょっと顔洗ってくる」

異様に感情を見せない竜也の背中を、みんなが見つめている。

「どうしたんだろうなぁ、あいつ？」

「さあ？　まあいいんじゃね？　ちゃんとやってんだから」

岡島くんが首をひねり、日野が適当に返した。

「……あたし、ちょっと行ってくる」

少し遅《おく》れて、詩がそんな竜也の背中を追いかけていく。

「僕《ぼく》たちも行こうか」

「そうだな。様子が気になる」

怜太と一緒《いっしょ》に、二人の後を追うことにした。

＊

体育館から少し離《はな》れた給水栓《きゅうすいせん》のところで、竜也が顔を洗っている。

生徒たちの喧騒《けんそう》が遠くに聞こえる。ここには俺たち以外、誰《だれ》もいなかった。

詩は、そんな竜也の背中を見つめていた。

俺と怜太は少し離れた物陰《ものかげ》で、息をひそめている。

「……タツ」

詩にしては控《ひか》えめな問いかけに、竜也はタオルで顔を拭《ふ》きながら反応する。

「どうした？」

「何で、そんなに大人しいの？」

「バスケ部が暴れるより、初心者を活《い》かしてやった方がいい」

「それは、そうかもしれないけど……」

竜也の言葉は正論で、詩も言葉に詰まっている。

「それに、たかが球技大会で、本気出すのも大人げねえだろ」

ただ、続く竜也の言葉にはムッとしたようだった。

「いいじゃん。大人げなくたって！　そんなの、これまで気にしなかったくせに！」

竜也は、そんな風に怒《おこ》られるとは思っていなかったらしい。

驚《おどろ》いたように目を見張り、それから首を横に振る。

「……いつまでも子供じゃいられないから、少しは成長したいんだよ」

「それが、タツの思う大人の立ち振る舞いなの？　だったら、子供のままでいいよ！」

詩は絞《しぼ》り出したような声で、訴《うった》えかける。


「――あたし、今のタツは好きになれない。昔のタツに戻ってよ」


空気が凍《こお》り付いたような錯覚《さっかく》があった。

竜也は表情を歪《ゆが》める。少し悲しそうに見えた。

「……俺は、最低な人間だ。だから、少しでも良い人間になりてえんだよ。今までみたいな自分勝手な奴じゃなくて、他人のことを思いやれる優《やさ》しい奴に。もう子供染《こどもじ》みた振る舞いはやめて、少しでもまともになりてえんだ。それを、やめろってのかよ？」

「……なんで、急に、そんなことを……？」

「俺は、お前が夏希に振られて、よかったって、一瞬でも思ったんだ」

詩が目を瞬かせる。竜也は目を伏《ふ》せた。

「だから自分に失望した。だけど、こんな俺でも、夏希みたいに努力をすれば、頑張って振る舞いを変えれば――少しは、変われるかもしれねえって、そう思ったんだ」

感情を隠《かく》した淡々《たんたん》とした語りは、普段の竜也とは似ても似つかない。

本当に、そう在ろうと努力していることが伝わってくる。

「それに……良い奴になれたら、少しはお前の力にもなれるって」

竜也はそこで言葉を切る。しばらく沈黙《ちんもく》があった。

体育館の喧騒は遠く、時が止まったかのように静かだった。

「タツ、あのさ……」

竜也の顔をじっと見つめていた詩は、ふと大きく息を吸って、叫《さけ》んだ。

「ばーかっ！」

何かと思えば、唐突《とうとつ》な罵倒だった。怜太と顔を見合わせる。

「……………は、はぁ？」

竜也は怪訝《けげん》そうに眉《まゆ》をひそめている。

詩は怒っているのか、竜也に人差し指を突《つ》きつける。

「あたしが振られてよかった、なんて……そんなの、当たり前じゃん！」

「は？　そ、そんなわけねえだろ。性格の良い奴なら、そんなこと思うわけねえ」

詩の言葉が予想外なのか、竜也はだいぶ狼狽《うろた》えている。

そんな竜也に畳《たた》みかけるように、詩は叫んだ。頬《ほお》を紅潮させながら。

「だって、あたしのこと好きなんでしょ⁉　あたしだって、仮にヒカリンがナツに振られたとしたら、正直よかったって思っちゃうよ！　そんなの仕方ないじゃん！」

詩はめちゃくちゃにぶっちゃけていた。「え？」と、竜也の目が点になる。

これ、俺が聞いていてよかったんだろうか？　駄目《だめ》ですよね、ごめんなさい。

「よかったって思ってくれたんならさ、あたしのこと本気で好きってことでしょ⁉」

竜也は何も言えないようだ。その沈黙は肯定を意味していた。

「……それは、嬉《うれ》しいよ。最低だなんて思わない。ちょっと嫌《いや》な感情があったって、当たり前じゃん。人間だもん。だから、そんなことで……自分を嫌《きら》いにならないで」

「詩、お前……」

「泣いてなんかない！」

ぽろぽろと涙《なみだ》を零しながら、詩は首を横に振った。

「あたしの力になりたいなら……あたしの好きなタツでいてよ」

竜也は泣いている詩の前で、おろおろとしている。

詩はごしごしと目元を腕で拭きながら、言葉を続ける。

「……タツが頑張ってることを、否定したいわけじゃないんだ。だけど、いつものタツがいなくなるのは、嫌だよ。お願いだから、あたしが好きなあなたでいてよ」

二人は見つめ合う。しばらく無言の時間があった。

竜也は緊張の糸が切れたように、大きくため息をついた。

「……ごめんな、詩」

「別に、謝《あやま》らなくていいよ」

「実際、自分のことは今でもあんまり好きになれねえ。馬鹿で、ガサツで、無神経で、自分勝手で、強引《ごういん》で……悪いところだらけだ。怜太や夏希とは、比べ物にならねえ」

「うん。それはそうかもね！」

「否定しねえのかよ。多分お前らが思ってるより俺は繊細《せんさい》だぞ」

「まあ事実だからね！　本当は傷つきやすいのも、ちゃんと知ってるよ？　実はいろいろ考えてることも、調子に乗って変なこと言った時は、ひとり反省会してることも」

「うるせえ。なんでそこまで知ってんだよ」

――竜也、お前も俺と同じで、ひとり反省会の特技を持っていたのか。

感動している俺を隣《となり》の怜太が不思議そうに見ている。竜也にめちゃくちゃ親近感が湧《わ》いてきた。俺たちは同じ人種なんだ。俺だけはずっとお前の友達だからな……。

「あははっ！　ばーか。タツが思ってるより、あたしはタツのことよく見てるから」

普段通りの表情や口調に戻った竜也を見て、詩は会心の笑顔を見せる。

竜也は空を仰いで、晴れやかな表情で呟《つぶや》いた。

「――分かったよ。お前がこんな俺を好きってんなら、無理に変えるのはやめる」

怜太と視線を合わせて、どちらからともなく苦笑する。

俺たちもいろいろと作戦を考えたけど、必要ないみたいだ。

だって竜也にとって、これ以上に効果のあるものなんてないのだから。

「そろそろハーフタイムが終わる。俺は行くぞ」

竜也は詩に背を向け、体育館に向かって歩き始める。

詩は、そんな竜也の背中に問いかけた。

「ねえ、優勝してくれるんでしょ？」

竜也は「はっ」と軽く笑い飛ばしてから、端的に宣言した。

「任せとけ」

＊

休憩《きゅうけい》終了《しゅうりょう》の合図だ。

両チームの選手がコートに入場し、後半戦が始まる。

「おし、行くか」

竜也は先ほどまでと違って、覇気《はき》のある表情だ。その肩《かた》を小突く。

「おい」

「何だよ？」

「後半戦、点数で勝負しようぜ。負けた方はジュース奢《おご》りな」

「はぁ？　どうしたいきなり」

「逃《に》げるのか？　いつものお前なら逃げないよな？」

「て、てめぇ……」

竜也は顔をしかめて唸《うな》る。

「盗《ぬす》み聞きはよくねえぞ」

「みんな心配してんだよ、お前のこと」

「……悪かったよ。心配かけてるとは思わなかったんだ」

竜也はバツが悪そうな表情で謝罪する。

「──で、逃げるのか？」

「やってやろうじゃねえか。後悔《こうかい》すんなよ」

ニヤリと笑う竜也。そう来なくっちゃお前らしくない。

俺たちボールでのスタートだ。怜太がボールを入れ、竜也が受け取る。

相手ディフェンスが配置につき、竜也のマークは変わらず五番の木島くんだ。

「顔つきが変わったな、凪浦《なぎうら》？」

「まあな。俺なりに気を遣《つか》ってんのに、好きなようにやれって言うやつが多くてよ」

「最近のお前は気味悪かったよ。あれだけ得点にこだわってたやつが急にゴール前でパスを回してくるし、誰が決めても点は点だろとか言い出すんだからよ」

──そんな殊勝《しゅしょう》な奴じゃねえだろ、と木島くんは言う。

「お前はもっと自己中心的で性格が悪い。んでもって、そうじゃないと困る。お前がお利口になっちまったら、誰が俺たちを引っ張るんだ。──なぁ、凪浦？」

「どいつもこいつも、好き勝手言いやがって……」

竜也は文句を言いながら、ドリブルをつく。

対面する木島くんは、膝を曲げ、腰を低く落とした。

一瞬の静寂《せいじゃく》。二人が睨《にら》み合う。

「来いよ」

「は。――行くぜ」

クロスオーバー。竜也が右に踏み込む。何のフェイクもないので、木島くんも追い付いている。近くにいた三番もカバーに入った。しかし竜也は腕を使い、二人を強引に押しのけて突き進《すす》む。体を低くしてゴール前まで潜り抜けると、思い切り跳躍してダンクと見紛《みまが》うほどの高さからシュートを決めた。む、無理やりすぎるだろ……。

これほど力ずくという言葉が似合う決め方もない。審判《しんぱん》によってはファールだ。

「二点だ」

竜也は俺を挑発してくる。上等だ。やってやる。

四組チームがボールを出し、俺たちはディフェンスに入る。点数勝負も大事だが、そもそも試合に負けたら本末転倒《ほんまつてんとう》だ。だからこそ、ディフェンスも全力でやる。

木島くんから鳴にパスが渡《わた》され、鳴から二番にパスが通る。

「あっ⁉」

しかし、二番がボールを取り損ねる。怜太が零《こぼ》れたボールを拾った。

「速攻！」

即座《そくざ》に竜也が叫んだ。その瞬間に走り出す。

スリーポイントラインの手前で、怜太から絶妙《ぜつみょう》なパスをもらった。

敵も味方も全員振り切ったと思ったけど、鳴だけが俺の横に並んでいる。

全力疾走《しっそう》だ。息を荒くしながらも、必死にディフェンスをしている。

——本気だな、鳴。何だか嬉しくなって笑みが零れる。

「決めさせませんよ！」

意気込《いきご》む鳴をドリブルで揺《ゆ》さぶり、翻弄《ほんろう》する。

ディフェンスの基礎《きそ》は俺が教えたけど、ひとりでも練習していたのだろう。なかなか振り切れなくて足が止まる。次の手を探して周囲を見ると、岡島くんや日野がゴール前に走り込んでいるが、相手もディフェンスに入っている。パスを出すのは難しい。

だから俺はシュートを打った。

「えっ」という鳴の声が耳に届く。

ドライブを警戒《けいかい》して、俺と距離《きょり》を取っていた鳴は反応できていなかった。

スリーポイントラインから放たれたボールは、またしてもネットをすり抜けていく。

「シューターに対してのディフェンスは、距離を取りすぎるなよ」

「そ、そこまでは教わってないですよ～」

泣き言を言う鳴の肩を叩いてから、自陣に戻《もど》る。

「三点だ」

指を三本立てて竜也を煽《あお》る。

「馬鹿やろ、速攻でスリーを打つ奴がいるか」

「入ったんだからいいだろ」

「あのなぁ……」と呆れた様子の竜也。

さっきまでの竜也なら気にも留《と》めなかっただろうに。

俺との勝負だけではなく、試合にも勝ちたいと思っているから文句が出るのだ。

なぜなら、今やっているのは俺たちが大好きなバスケだ。

――勝った方が面白《おもしろ》いに決まっている。

＊

最終的なスコアは四十二対二十二だった。

二十点差の圧勝で一回戦を突破する。鳴たち四組はここで敗退となった。

「勝てなかったけど、楽しかったです……本当に。この手のスポーツで、初めて役に立てた気がします。シュートを決めることもできました。全部、夏希のおかげです」

汗《あせ》だくの鳴が、晴れやかな表情でお礼を言ってくれた。

悔《くや》しい気持ちは隠していると思うけど、それも本音だろう。だから俺も嬉しかった。

「……かっこいいところは、見せられなかったですけどね」

「本当にそうか？」

「え？　だって、勝てませんでしたし……」

不思議そうな鳴の両肩《りょうかた》を掴《つか》んで、くるりと後ろを向かせる。

そこには船山さんが近づいてきていた。俺たちに、ぺこりと頭を下げる。

「多分、本人が教えてくれるさ」

船山さんにアイコンタクトを送って、背中を向ける。

後は二人にしてやった方がいいだろう。俺たちの助言はもう必要ない。

クラスのところに帰る道中、「ええっ⁉」という叫び声が聞こえてきた。

「ぼ、僕でいいんですか……⁉」

声が大きいぞ、鳴。思わず苦笑する。肩越《かたご》しにもう一度見ると、二人とも顔を真っ赤にして、なぜかお互《たが》いに頭を下げ合っていた。幸せになってくれ。

「おい夏希。早くしろよ」

クラスのみんながいるところに戻ると、竜也が俺を待っていたらしい。

「ジュース奢ってくれるのか？」

「うるせえな仕方ねえだろ。一点差で俺の負けなんだから」

悔しそうな顔をする竜也と並んで、自販機《じはんき》に向かう。

「くっそ、最後のシュートが決まってりゃ俺の勝ちだったんだけどな」

ぶつぶつと文句を言っているが、そもそも俺の得点の半分は竜也のアシストだ。

どう考えても貢献度《こうけんど》的には竜也が勝っている。

それはお互いに分かっているけど、残念ながら点数勝負なんだよね。

体育館を出て、部室棟《とう》の玄関脇《げんかんわき》にある自販機に向かう。

竜也はスポドリを二本購入《こうにゅう》して、そのうち一本を俺に放り投げた。

「サンキュ」

お礼を言って、渇《かわ》いた喉を潤していく。

いやぁ、美味《うま》い。やっぱり運動の後はこれだよなぁ。

「……悪かったな、夏希」

勝利の美酒（?）を堪能《たんのう》している俺に、竜也が言った。

「急にどうした?」

「文化祭の時、お前に当たっただろ」

俺が詩を振った後の話か。

「……殴《なぐ》られても仕方ないと思ってるよ。竜也が謝ることじゃない」

「違《ちが》う。お前はただ……詩よりも、星宮《ほしみや》の方が好きだったってだけなんだろ?」

無言で頷く。竜也の言う通り、俺は陽花里を選んだ。

「だったら、俺が口出しできることじゃねえよ。それなのに余計な口を挟んだ。俺は勝手にお前が、詩を幸せにしてくれるって思《おも》い込《こ》んでた。お前なら納得《なっとく》できるって、安心して諦《あきら》められるって……託《たく》したつもりになって、だから裏切られたような気分になった」

「……俺も、曖昧《あいまい》な態度を取ってたからな。自分がどうしたいのか、陽花里と詩、どっちの方が好きなのか、最後まで悩《なや》んでた。だから竜也にも迷惑《めいわく》をかけた。ごめん」

「謝るなよ。恋愛《れんあい》って、そういうもんだろ。そこに俺の勝手な押し付けで、お前に重荷を背負わせちまった。そいつは反省してる。俺みたいな部外者が言う台詞《せりふ》じゃなかった」

「何だよ、部外者って。そんなことないだろ」

「いいや、俺は部外者だった。だから、まずは舞台《ぶたい》に昇《のぼ》らないといけねえ」

不敵に笑う。その自信に満ちた表情はいつもの竜也のものだった。

「後悔すんなよ、夏希。詩は俺がもらうからな」

「……そうかよ」

「──俺は、あいつを幸せにできる男になる」

竜也は宣言した。迷いのないその顔は、純粋にかっこいいと思う。

「今回みたいに、変な方向に頑張《がんば》るのはやめろよ」

自分を変えるのはいい。でも、変わってほしくないところもあるんだ。

何もかも変えようとしたって上手くいかない。春、竜也と喧嘩《けんか》した俺のように。

「うるせえ。俺なりにいろいろ考えてんだよ。間違《まちが》えることだってあらぁ。ただ……俺が思ってるよりもお前らが俺のことを好きだったから、やめてやったんだよ」

こいつ、開き直りやがったな。

「具体的にどうするんだよ？　詩を幸せにできる男って」

「とりあえず、お前という分かりやすい指標がいるからな。まずはお前を超《こ》える」

どーん、と自信満々に竜也は言う。

「なんかさぁ……小学生の発想じゃない？」

「黙《だま》れ。まずは成績でお前を超えるからな。足でも洗って待っとけ」

「何から足洗うんだよ……この場合は首だろ」

野暮《やぼ》な突っ込みを入れると、竜也はヘッドロックを決めてきた。痛いって！

ジタバタ暴れている俺を見て、いつの間にか近くにいた怜太が肩をすくめている。

「おい、助けろよ怜太！」

「夏希は一回ぐらいひどい目に遭《あ》ってもいいと思うんだよね」

「何で⁉　ちょちょ、痛い痛い！」

痛がる俺を見て、怜太は楽しそうに笑っていた。こいつ怖《こわ》いんだけど！

＊

「……だ、そうだけれど？」

「別に……好きにすればいいんじゃない？」

「ちょっと嬉しそうね？」

「そんなことない！　でも……ほんのちょっとだけ、期待しとこうかな」

＊

二回戦の試合前、竜也と拳《こぶし》をぶつけ合う。

「勝とうぜ、球技大会」

「――は。何言ってんだ、俺《おれ》とお前がいて負けるわけねえだろ」

その後、二回戦の対二年一組は四十六対二十のスコアで圧勝した。

厳しい戦いになったのは準決勝だった。

対するは二年三組。メンバーはバスケ部現キャプテンの片岡先輩《せんぱい》と、岩野《いわの》先輩、そしてサッカー部の倉野牧人《くらのまきと》がいた。梅雨《つゆ》に女子バスケ部の騒動《そうどう》があった時の主犯格だ。

怜太が珍《めずら》しく闘志《とうし》を露《あらわ》にして、絶対勝つと言っていたのが印象的だった。

岩野先輩の巨体《きょたい》を活かしたリバウンドと、片岡先輩の周りを活かすパスセンスと竜也を封《ふう》じ込めるディフェンス力に苦しめられたものの、俺のシュート成功率と、怜太が対面している倉野を完璧《かんぺき》に抑《おさ》え込んだことで、ギリギリの勝利を手にした。

最終スコアは二十六対二十四。

お互いの守備が光るロースコアゲームだった。

勝利を手にした瞬間《しゅんかん》、周囲の観客が大きな歓声《かんせい》を上げる。

流石に準決勝ともなれば、観戦の人数が多いな。球技大会も終盤《しゅうばん》になってきた。

残すは、サッカーとバスケの決勝戦だけだ。他の種目は早めの進行で終了していた。

三面あるコートのうち、二面はすでに観戦用の場所として生徒が座《すわ》っている。

うちのクラスは主に右端《みぎはし》のあたりに集まっていたので、そっちに移動する。

「おっ、バスケチームお疲《つか》れ！　次は決勝だな！」

クラスメイトの賞賛に応じながら、体育館の壁《かべ》に背を預けて座る。

急に、どっと疲れを感じた。

前後半十分だけとはいえ、決勝まで行くと一日四試合になるのは流石に厳しい。

球技大会が一日だけのイベントだから、多少の無理は仕方ないのかもしれないけど。

「そういや、うちのクラスの点数ってどんな感じなんだ？」

ふと、隣に座っている陽花里に尋《たず》ねる。

「ええっと……ちょっと前に中間発表があったよね？　誰か知ってる？」

「うちは四位よ。サッカーが二位だったから、ちょっとは追い上げてるはず」

陽花里の問いに反応したのは藤原《ふじわら》だった。

「バレーも四位だったし、バスケ次第《しだい》で全然ワンチャンあるかも」

「それはつまり、俺たちに勝てって言ってる？」

問い返すと、「そういうことだね」と藤原は笑った。

ちょうどそのタイミングで、ひときわ大きな歓声が上がる。

どうやらバスケの準決勝が終了し、俺たちの対戦相手が決まったらしい。

「どっちが勝った？」

「三年一組。柳下先輩《やなぎしたせんぱい》のところだ」

そう答えたのは竜也だった。

最後に立ち塞《ふさ》がるのは柳下先輩か。

……何となく、そんな気はしていた。

「近くで見てたけど、ありゃぁ強えぞ」

「相手にとって不足なしだろ」

久しぶりの試合はやっぱり面白い。相手が強ければ強いほどひりつく。

だいぶ疲れがたまっている体に鞭《むち》を打って、立ち上がった。

「行くか、みんな」

竜也、怜太、日野、岡島くんの四人が俺の後に続く。

――優勝する。このイベントを、この青春を、最大限楽しむために。

＊

「美織」

「……怜太くん」

名前を呼ばれて、振り返る。

そこにいたのは予想通りの人物だった。……初めての、私の彼氏《かれし》。

怜太くんは、格好良くて、優しくて、ノリが良くて、トークも面白くて、大抵《たいてい》のことならなんでも器用にこなす天才で、思い出せる限り欠点の見当たらない人だった。

怜太くんと付き合い始めてから、周りに羨《うらや》ましがられることが多くなった。明らかに嫉《しっ》妬《と》されているような黒い感情に晒《さら》されたこともある。それぐらいの人気がある。

……実際、こんな私なんかにはもったいない。

それはみんなの言う通りだ。ちゃんと分かっているつもりだ。

「いよいよ決勝戦だね」

「ああ。夏希と竜也のおかげで、ここまで来れたよ」

「怜太くんもめっちゃ活躍《かつやく》してたじゃん！　めちゃくちゃパス上手かったよ！」

これは本音だ。怜太くんはパスが上手い。味方がフリーになった瞬間、狙《ねら》いすましたかのようにパスを出すことが何度もあった。多分、視野が広いんだと思う。

あまり目立たないけど、確かにあのチームを支えている。

「ちょっとはサッカーの経験が活きてるかな」

私の賞賛を受けた怜太くんは、そう言って苦笑《くしょう》する。

「美織の方はどうだったの？」

「せっかく怜太くんにサッカー教えてもらったのに、二回戦で負けちゃった」

たはは、と笑ってみせる。……本当はめちゃくちゃ悔しいけど。

あそこで決めていれば、絶対に勝ってたのに。くっそぉ……ちくしょぉ……。

「悔しいのに、無理に笑うことはないよ」

「……怜太くんは、たまに鋭《するど》すぎて怖くなっちゃうな」

「よく言われるけど、美織のことは特に見てるから、多少はね」

怜太くんは肩をすくめる。

本当なら、ここはどきっとするところなのかな？

だけど、私の心は動かなかった。

多分、怜太くんはそれすら気づいている。

「――勝つよ。勝てるように、頑張る。だから、応援《おうえん》してくれるかい？」

「もちろん。ちゃんと見てるね、怜太くんのこと」

本心から、頷《うなず》く。これが恋心《こいごころ》じゃなかったとしても、怜太くんのことは好きだ。好きな人が頑張るところを、応援したいという気持ちに嘘《うそ》はない。


「……まだ、夏希のことが好きなんだろう？」


そう問いかけられて、凍り付く。時が止まったかのような錯覚に陥《おちい》った。

私は何も言い返せなくて、どうにか「……ごめん」という言葉だけは絞り出す。

「夏希の次でもいいんだ。僕のことを、応援してくれるのなら」

怜太くんはそれだけ言って、背中を見せる。

決勝戦のコートに向かって歩いていくその後ろ姿に、私は叫んだ。

「――頑張ってね、怜太くん！」

怜太くんは一度振《ふ》り返って、本当に嬉しそうに笑った。

私なんかの言葉で、どうしてそんな顔をしてくれるんだろう。

とっても嬉しい。嬉しいのに、苦しい。どうしようもなく悲しくて、辛《つら》い。

この人を好きになれたら、どんなに幸せだろうか。

そう思いながらも、私の心を動かすのは、いつも世話の焼ける幼馴染《おさななじみ》の言葉で。

首を横に振って、脳裏《のうり》に過《よぎ》った幼馴染の姿を振り切る。

――ねぇ、怜太くん。私、君のこと、好きになりたいんだ。

だから、もう少し、もう少しだけ、待ってください。

＊

「……どういう、こと？」

「……夏希のことが、好きだと？　あの本宮《もとみや》が……？」

二人は怪訝そうな表情で、顔を見合わせた。

▼第四章　決勝戦

男子バスケットボールの決勝戦。

球技大会のトリとなる試合ということもあり、ほぼ全校生徒が集まっている。

まったく興味のない人は外でサボっているのだろうが、せっかくだし雑談でもしながら見てやろうという人の方が多いのだろう。俺たちが試合する中央のコートの両側には多くの生徒が並んでいる。二階でも、たくさんの生徒が立ち見をしている。

味方ベンチには、一年二組のほぼ全員が集まり、応援の態勢を作っている。

敵ベンチも同じような状況《じょうきょう》だった。何なら応援団長っぽい人はハチマキを巻いてメガホンを叩《たた》いている。どこから持ってきたんだよそれ……。気合入りすぎだろ。

まるで強豪校《きょうごうこう》同士の試合みたいだな。

「うおお……緊張《きんちょう》するぜ……」

岡島くんが周囲を見回して、体を震《ふる》わせている。

「ここまで観客がいると、流石《さすが》になぁ。俺もちょっとビビってるぜ」

日野も体育館シューズの靴紐《くつひも》を結び直しながら、苦笑した。

「半分ぐらいはただそこにいるだけで、まともに見ちゃいないと思うよ」

そんな二人を見た怜太《れいた》は、緊張を解《ほぐ》すように言った。

「そ、それでも半分はまともに見てんだろ……？　俺たちのプレイを」

意外と緊張しいなんだな、岡島くんは。

「竜也《たつや》もなんか言ってやりなよ……って、竜也？　どうかしたのかい？」

話しかけられた竜也は、なぜか怜太をじっと見ている。

それから、はっとしたように答えた。

「あ、ああ……何でもねえ。緊張なんて、試合が始まっちまえば気にならねえよ」

「そりゃ凪浦《なぎうら》はそうだろうけどよぉ……」

岡島くんはいまだに呻《うめ》いている。それはさておき。

なんか竜也の様子がおかしいか？　そう思った瞬間、竜也は自分の頬を両手で挟《はさ》み込むように叩き、「うっし。集中」と呟く。すると直後には、覇気のある表情に戻った。

流石に心配しすぎみたいだな。

ぐだぐだ言っている岡島くんも、多分大丈夫《だいじょうぶ》だろう。

「さあ始まるぞ」

審判に呼ばれ、コートの中央に整列する。

ぐるりと周囲を見回した。人で賑《にぎ》わう中に、友達の姿を見つける。

美織《みおり》は俺と目が合ったことに気づき、嫌そうに顔を逸《そ》らした。おい、応援しろ。

芹香《せりか》はなぜかペンライトを振っている。どこから持ってきたんだよ。

鳴《めい》と船山《ふなやま》さんが二人並んで俺たちの方を見ていた。仲良さそうで何よりだ。

腕《うで》を組んでこちらを見ている岩野《いわの》先輩は、無言で親指を立てた。

味方ベンチにはもちろんクラスメイトが揃《そろ》っている。

陽花里《ひかり》も、詩《うた》も、七瀬《ななせ》も、藤原《ふじわら》も、俺たちのことを応援していた。

「絶対勝つぞ」

竜也がみんなを鼓舞《こぶ》する。

やはりこいつの言葉は、小さな声でも確かに響《ひび》く。

日野も、怜太も、岡島くんも、士気が明らかに上がった。

「よろしく」

だが、竜也以上のカリスマ性を持つ男が、相手チームにひとり。

「柳下《やなぎした》先輩。久しぶりっすね」

「部活引退以来か？　最近は利口になったって噂《うわさ》だけど、そんなことなさそうだな」

気さくに竜也と言葉を交《か》わすのは、バスケ部元主将の柳下雄吾《ゆうご》。

「よぉ白鳥《しらとり》、岡島。元気そうだな」

「おかげさまで」

「どもっす。渡辺先輩《わたなべせんぱい》の調子はどうなんすか？」

「毎日勉強勉強だよ。今日ぐらいは楽しませてくれや」

怜太と岡島くんも、相手チームの二番と言葉を交わしている。サッカー部の先輩なんだろう。渡辺先輩って、うろ覚えだけど確かサッカー部の元エースじゃなかったっけ？

他のメンバーも、見るからに運動が得意そうな面子が揃っている。

流石、決勝戦に来るだけはあるな。一年生の俺たちとは体格から違う。

「灰原《はいばら》くん」

話しかけてきたのは柳下先輩だった。

「これまでの試合、見てたよ。君、バスケ部に入らないか？」

目を見張る。何を言い出すかと思えば……驚《おどろ》いた。

「もちろん君が軽音部なのは知ってるんだけど。ただ、もったいないなと思って。中学の経験者だろ？　君ならきっと、うちでもスタメン張れるようになるはずだ」

柳下先輩は、そんな風に勧誘《かんゆう》してくる。

正直、嬉しかった。この人に認められるとは思わなかった。

一周目の一年生の頃《ころ》、みんなについていけなくて、ひとり残って自主練をしていた俺に基礎を教えてくれたのは柳下先輩だった。この人は俺のバスケの師匠《ししょう》なのだ。

「ありがたいお誘《さそ》いですけど、すみません」

「マジか。そうだよねー。歌とギターも上手《うま》いもんな。突然《とつぜん》悪かったね」

駄目で元々の誘いだったのだろう。柳下先輩は苦笑した。

「じゃあ始めまーす。ジャンプボールです」

会話が切れたタイミングを見計らって、審判が宣言する。

うちのクラスで最も背の高い岡島くんと、相手の八番がセンターサークルに立つ。

審判の手で放られたボールが、天高く舞《ま》った。

「たっけぇ……っ⁉」

岡島くんが思わずといった調子で言う。

俺も同じ気持ちだった。目を疑うほどに、巨体が宙を舞う。

ジャンプボールを制したのは三年一組チームだ。

あの八番はおそらく百九十センチぐらいあるんじゃないか？　高すぎる。

間違いなく三年一組チームがここまで勝ってきた要因の一つだろう。

「一本。落ち着いて行くぞ」

柳下先輩がボールを運びながら、片手の人差し指を立てる。

ざわざわと騒《さわ》がしかった周囲が、急に静かになっていく感覚があった。

ダム、とボールをつく音が、やけに重く聞こえる。

スリーポイントラインを挟んで、柳下先輩と相対しているのは竜也だった。

……来る、と俺が感じたのと竜也が抜《ぬ》かれたのは同時だった。

トップからのペネトレイト。三番のマークを捨て、とっさにカバーに入る。

刹那《せつな》、柳下先輩は、俺が外した三番に視線を振った。パスかと思い、戻ろうとしたタイミングで逆を突《つ》かれる。フェイクだ。クロスオーバーで踏《ふ》み込んでいく。まったく反応できなかった。そのまま突っ込むかと思いきや、ショートコーナーで足を止め、流れるようにジャンプシュートを打つ。あっさりと、ボールがネットを通り抜けた。

わっ、という歓声が響く。しんとした静寂の後だから、余計に音の圧を感じた。

信じられないほど流麗《りゅうれい》な動作だ。思わず見惚《みと》れるほどに。

「あの野郎《やろう》……全然衰《おとろ》えてねえじゃねえか！」

竜也が額に青筋を浮《う》かべながら叫《さけ》ぶ。ただし、その口元には獰猛《どうもう》な笑《え》み。

「だからこそ、倒《たお》しがいがあるだろ？」

「ああ。合わせろよ、夏希《なつき》。観客の度肝抜《どぎもぬ》いてやる」

次は、俺たちの攻撃《こうげき》だった。

柳下先輩と相対した竜也は、怜太にパスを回す。

俺がウイングの位置に飛び出すと、怜太からパスが回ってくる。

ゴールに向き直ると、対面する三番が腰《こし》を低く落とし、ディフェンスの構えを取る。

俺のドライブを警戒しているが、距離を離《はな》さない。多分、俺がシューターだと知っているからだ。この絶妙な距離感の維持《いじ》、間違いなく経験者だな。

視線と少しの体の動きで揺さぶりをかけるが、簡単には動じない。

「──夏希！」

名前を呼ばれた瞬間、とっさに体が反応した。

竜也が柳下先輩を振り切り、裏に抜けている。ゴール前に入った竜也に、弾丸《だんがん》のようなパスを通した。竜也はちゃんと俺のパスを掴み、レイアップを決める。

「ナイスだ夏希」

「お前、どうやって振り切ったんだよ？」

「ディナイ裏だよ。バックドアカットってやつだ」

ひゅう、と柳下先輩が口笛を吹《ふ》いた。

「これは、楽しくなってきたな」

柳下先輩が、思わずといった感じで白い歯を見せる。

三年一組のオフェンス。

経験者の三番と柳下先輩でボールを回してチャンスを窺《うかが》っている。

ふとした瞬間に柳下先輩が仕掛《しか》けた。

再び中へのペネトレイトから、外の三番へとパスを戻す。

俺も、竜也のカバーに出たタイミングなので三番をフリーにしてしまっていた。

スリーポイントの位置でシュートモーションに入った三番に圧をかけるべく、俺は手を伸《の》ばしながら跳躍《ちょうやく》する……が、フェイクかよ。三番はドリブルをついて俺をかわすと、少し右にステップして、パスを出す。ふわ、と高く浮くようなパス。

それを誰《だれ》が捕《と》るのかと言えば、当然背の高い八番だ。

ゴール前でボールを持った八番は跳躍すると、何をするのかと思えば——

「お、おいおいおい……」

ダン！　と凄《すさ》まじい音を鳴らしてダンクシュートを叩き込んだ。

爆発的《ばくはってき》な歓声が轟《とどろ》いた。興味がなさそうだった生徒すらも試合を見に集まってくる。

俺は普通《ふつう》にドン引きしていた。

どうなってんだよ、球技大会だぞ。これ……。

「これがバスケで勝つために他を犠牲《ぎせい》にして編成した最強チームだ。すごいだろ？」

柳下先輩は胸を張り、笑いながら自慢《じまん》する。

——本当に楽しそうだ。バスケをしている時は、いつも。

その姿を見て、ふと昔のことを思い出した。

＊

高校に入学して、安易な気持ちでバスケ部に入った。

そこそこ背が高いから。モテそうだから。陽キャっぽいから。スポーツの中では一番好きだったから。そんな軽い理由がいくつかあるだけで、だからすぐに後悔した。

「き、きつすぎる……」

体育館の床《ゆか》に転がりながら、はぁはぁと荒《あら》い息を吐《は》く。

そもそもが中学未経験者で、下手なうえに要領も掴めていない。

頑張って上手くなろうにも、中学帰宅部の鈍《にぶ》った体ではまるで追い付けない。

中学未経験者は俺の他にも二人いたが、みんな他の運動部でならしてきたので、練習には苦もなくついていっている。俺だけが明らかな落ちこぼれだった。

「はは、辛《つら》そうだな」

そんな俺に、気さくに声をかけてくれたのが柳下先輩だった。

ほとんどの先輩は俺なんか気にかけてくれなかったけど、この人だけは違った。

「も、もう走れません……」

「なーに言ってんだ。ここからが本番だぞ？　自主練の時間だ」

「や、やりたいですけど、今日はマジで無理です……」

「——竜也たちに追い付きたいんだろう？　未経験であいつらに追いつくなら、それなりの覚悟《かくご》がいる。自主練するなら付き合うよ。特別に、俺が基礎を教えてやる」

「え、柳下先輩が直々に教えてくれるんですか……？」

「もちろん無理にとは言わないけどな。決めるのは君だけど、どうする？」

「や、やります……！　教えてください！」

始めたての頃、俺がバスケ部を続けられたのは柳下先輩のおかげだ。

「——頑張れ。君は上手くなる。俺が保証する」

この人が俺を気にかけてくれたから、頑張れた。

もうちょっとだけ、続けようと思えた。

柳下先輩としては、部活内でちょっと浮いている後輩《こうはい》を手助けしてやろうとか、その程度の認識《にんしき》しかなかったと思うけど、当時の俺にとってはそれが救いだった。

バスケットボールの基礎だけじゃなくて、楽しさも教えてくれた。

その結果として待っていたのが灰色の青春でも、バスケ部に入ったことに対する後悔《こうかい》はない。それはバスケの楽しさを教えてくれた柳下先輩のおかげだ。

柳下先輩が夏に引退するまでの短い期間だったけど、最も世話になった人だった。

だからこそ、上手くなった俺を見せたいとずっと思っていた。

偶然《ぐうぜん》にも、その後悔を晴らす機会が訪《おとず》れた。

今の柳下先輩に、俺を手助けしてくれた記憶《きおく》なんかないのは分かっている。

それでも——貴方《あなた》のおかげで俺はバスケを好きになり、こんなにも上手くなった。

だから、試合に勝って証明する。そして、ありがとうと伝えるんだ。

＊

前半　終了《しゅうりょう》まで、残り三分。
スコアは十二対十八。六点差のビハインド。

柳下先輩につかれている竜也が起点を作れない以上、俺がやるしかない。

日野から回ってきたパスを受け、フェイクもなしにクイックシュートを打った。

とっさのことに、対面の三番も読みを外したようだった。舌打ちの音が聞こえる。

ガシャ、と音を鳴らしたもののゴールに入る。スリーポイントだ。

「後三点……」

そう呟《つぶや》いた瞬間、自分の油断に気づいた。

「――速攻《そっこう》！」柳下先輩の宣言と共に、三年生が一斉《いっせい》に走り出す。

ボールはゴールラインから大きく前へと投げ入れられた。俺も、竜也も、誰も反応できなかった。柳下先輩からのロングパスを受け取った二番の渡辺先輩が軽々とレイアップを決める。あっさりと二点を返される。やられた。意識が攻撃に傾《かたむ》いた瞬間だった。

「素人《しろうと》に教えるなら速攻だろ。何しろ、前に走るだけでいい」

悔しがっている俺を挑発《ちょうはつ》するように、柳下先輩はしたり顔で語る。

よく考えて戦術を練っている。どんな物事にも手は抜かない人だ。球技大会にも本気で勝とうとしている。流石だな。でも、そうじゃないと面白くない。

「夏希」

ボールを前線に運んでいる竜也が話しかけてくる。

「何だよ？」

「お前、あいつに勝て」

端的《たんてき》な台詞だった。説明が足りなすぎないか？

右ウイングの位置で竜也からボールが回ってくる。対面するのは変わらずに三番。

竜也は岡島くんや日野、怜太に身振《みぶ》りで指示を出し、左側に寄らせる。つまり俺と三番から遠ざけた。マンツーマンディフェンスなので、左側に寄った怜太たちに相手もついていく。そして、コートの右側には俺と三番だけが取り残される。

「アイソレーション……？」

ぽつりと呟いたのは対面の三番だった。

「――舐《な》めやがって」

三番の気迫《きはく》が増す。来るなら来いよと言わんばかりに。

怒《おこ》る気持ちは分かる。このシチュエーションは、俺が三番を一対一で崩《くず》せるという前提になっているからだ。つまり三番からすれば、格下扱《あつか》いされている。

竜也の野郎、勝てってのは、こういうことかよ。

「……」

俺はボールを持ったまま、静止する。対面の三番と睨《にら》み合う。

一秒、二秒と経《た》っていくごとに周囲が静まり返っていった。三秒目——仕掛ける。

床を蹴《け》り、鋭く右側に切り込む。しかし振り切れない。俺は足を止め、レッグスルーと共に前傾《ぜんけい》だった体勢を一歩で立て直す。同時に、ゴールに視線をやった。

「やらせるか！」

三番が俺のシュートを防ぐために跳躍しようとした瞬間、ドライブで左側を潜《くぐ》り抜けていく。フェイクとは僅《わず》かな体の動きと視線で行うものだと、柳下先輩から教わった。左側に寄っていた柳下先輩がカバーに入ろうとするが、流石に間に合わない。俺がゴール下でシュートを打つ方が早かった。二点を返した直後に、前半終了の笛が吹かれる。

「竜也、お前なぁ……」

「何だよ。別に説明してなくても、やることは変わんねえだろ」

くっくっく、と竜也は笑いをかみ殺しながら言う。

五人でベンチに戻《もど》ると、大きな声援《せいえん》と共に迎《むか》え入れられた。

「はい、夏希くん」

陽花里からスポーツドリンクを受け取り、渇いた喉《のど》を潤《うるお》していく。

ふむ、陽花里がマネージャーの世界線ですか……それもまた良いですね……。

「三点差か」

スコアを見る。十七対二十。三点差のビハインド。

「別に悲観することはねえ。明確に勝ってる部分がある」

竜也は汗《あせ》をタオルで拭《ふ》きながら、淡々《たんたん》と言う。

「お前だ、夏希。あの三番よりお前の方が上手い。だからそこを突く」

「にしても、あのアイソレーションは露骨《ろこつ》すぎるだろ。そう何回もできないぞ」

「いいんだよ。あれで格付けを済ませてやったんだ」

そんな風に言う竜也は、少し意外だ。

「いいのか？　お前だって点を決めたいだろ。柳下先輩ぶち抜いて」

「悔《くや》しいが俺と柳下先輩じゃ、まだ俺の分が悪い。勝てえなら、勝てるところで戦うんだよ。そいつは柳下先輩から教わったんだ。文句は言わせねえ」

竜也は獰猛な笑みを浮かべた。相手ベンチの柳下先輩を睨んでいる。

どうやらこの二人は、もっと大局的な視点で戦っているらしい。

だったら、それは竜也に任せよう。俺は視野が広い方じゃない。ゲームコントロールなんてできるわけもない。得意なプレイも限定的で、シュートと一対一だけ。変にできないことをやろうとする必要はない。俺は駒《こま》だ。求められる役割に集中する。

「上手く使えよ、竜也」

「誰に物言ってる。俺はバスケ部のエースだぞ」

そろそろ休憩《きゅうけい》時間も終了だ。タイマーがゼロを示し、試合が再開される。

立ち上がり、コートに向かおうとした瞬間、ばしん、と背中を思い切り叩かれた。

俺だけじゃなく、隣《となり》の竜也も。

「よーし！　行ってこい二人とも！」

振り返ると、そこにいたのは笑顔《えがお》の詩だった。

五人でコートに戻ると、怜太はなぜか周囲をきょろきょろしている。

「どうした？　怜太」

「……夏希。美織がどこにいるのか、分かるかい？」

「ん？　あそこにいるだろ。何であんなに端《はし》っこにいるのか知らないけど」

二階席の端っこの方を指差す。美織は同じクラスの女子陣《じん》と一緒《いっしょ》にいて、なぜか一歩下がって試合を見ていた。観察力のある怜太でも見つけにくいのは仕方ない。

怜太は、なぜか真剣《しんけん》な表情で俺をじっと見つめる。

「……美織が言ってたよ。夏希は、かくれんぼで私を見つけるのが得意だったって」

「そういや……そうだったような？」

覚えているような、覚えていないような。

思い出そうとしてこめかみをぐりぐりしていると、怜太が言う。

「夏希。ボールから目を離さないでね」

＊

俺たちのオフェンスから再開した後半戦。

「攻撃の起点は君だろ？」

「それは買い被《かぶ》りすぎですよ」

俺のマークは柳下先輩に代わっていた。

そして、竜也のマークは三番になっていた。

でも、この配置が俺たちのオフェンスの対策になっているとは思えない。

俺でも抜けるんだから、竜也も抜けるはずだ。

同じことを竜也も思ったのだろう。早速《さっそく》ドライブで仕掛ける。

しかし、即座《そくざ》に八番がカバーに入った。立ち塞がった巨体に竜也の足が止まる。

「チッ……」

「竜也！　こっちだ！」

舌打ちをした竜也は、名前を呼んだ怜太にパスを出す。

八番が、あの速度でカバーに出た——ということは、八番が本来マークしていた岡島くんはフリーになっている。俺が気づくよりも先に、怜太は気づいていたのだろう。岡島くんがいるローポストに矢のようなパスが出る。流石だな。一瞬《いっしゅん》の状況判断が速い。

「ナイスパス！」

岡島くんはボールを持って、ゴール下シュートを打った。

だが、八番は巨体に似合わぬ俊敏《しゅんびん》な動作で跳躍し、そのシュートを叩き飛ばす。

「はぁっ⁉」と、驚愕《きょうがく》する岡島くん。

……経験者じゃないだろうけど、デカいし速い。

「岡島くんを半分フリーにしてでも、竜也に二人つけてるね」

自陣《じじん》に戻る最中、怜太が話しかけてくる。

「あの八番なら岡島くんにボールが回っても、後からでも止められるって計算か」

戦術の修正が早い。上手く弱点を補ってきた。

「わ、わりぃ！」

「気にすんな！　次決めよう！」

岡島くんが謝《あやま》っているけど、今のは仕方がない。

しかし、こうなると攻《せ》めにくいな。そもそも――

「ナイス柳下！」

――全体的には、三年生の方が明らかに実力で優《まさ》っている。

竜也がドライブで抜かれ、カバーに入った俺《おれ》もあっさりとかわされる。

柳下先輩は中央から堂々とシュート動作に入り、綺麗《きれい》にネットへと落とし込《こ》んだ。

「まずいな……」

打開策がないまま、点差が開いていく。

どうする？　どうすればいい？　悔しいが、柳下先輩には勝てない。

「――ひとりじゃないんだ。みんなで勝つよ」

怜太がそう言って、肩《かた》を叩いてくる。厳しい表情の俺を見かねたのだろう。

「分かってる、けど……」

「僕《ぼく》を信じてくれ。君が思っているより、役に立つよ」

怜太と視線が合う。その真剣な眼差《まなざ》しに、自然と頷きを返した。

そして、俺たちのオフェンスに移った直後だった。

「夏希！」

名前を呼ばれる。体が反応した。

竜也のスクリーン。柳下先輩《せんぱい》を抑《おさ》えてもらってコーナーに走る。

怜太からのパスが飛んできたのは同時で、絶妙《ぜつみょう》な威力《いりょく》のパスだった。

ボールを受け取ると同時に、跳《と》ぶ。

シュートの質はパスで決まるとはよく言ったものだ。指先を離れた瞬間《しゅんかん》にゴールを確信する。天高く舞ったボールはネットだけを揺《ゆ》らし、地面を叩いて大きく跳《は》ねた。

怜太と、竜也と、ハイタッチを交わす。

「ほらね？」

したり顔の怜太に、反論する気にはならない。

「ボールから目を離すなって言葉の意味が、よく分かったよ」

そんな会話をしつつ、ディフェンスに移る。

相手は高い位置でボールを回しながらチャンスを窺っている。

三番から二番へと、緩《ゆる》いパスが放たれる。そこに、怜太が一気に飛び出した。

パスカットしながらボールを前に弾《はじ》いた怜太は、そのままドリブルで走っていく。

怜太はディフェンスに追い付かれたものの、後ろの俺にパスをくれた。

本当に、よく見ている。しかし柳下先輩が追い付いてくる。

「――ここは、止めさせてもらうぞ」

そう言って、柳下先輩は舌なめずりをした。
——上等だ。かわしてやる。
レイアップの体勢に入り、勢いを持ったまま跳ぶ。
ボールを持った手を掲《かか》げ、すぐさま手元に戻す。
そして、体勢を崩しながらもう一度ボールを放った。
「ダブルクラッチ……!?」
観客の誰かが驚きの声を上げた。
だが——弾かれる。柳下先輩は完璧《かんぺき》に読み切っていた。
一度目のフェイクに二度目のシュートだけを正確に手で弾く。
「君はリズムが、俺とよく似てるんだ。だから分かりやすい」
柳下先輩は嬉々《きき》として笑いながら、そんな風に言った。
リズムが貴方とよく似ているのは、貴方に教わったからだよ。
そう言いたい気持ちを堪《こら》えて、「次は決めます」と宣言した。

＊

──バスケットボールに、一発逆転はない。

柳下先輩の活躍《かつやく》で、試合は徐々《じょじょ》に、少しずつ点差が開いていく。

後半、残り二分。八点差のビハインド。時間が厳しい。

スリー三本で逆転。通常のシュートなら、四本で同点だ。もう外せない。

これ以上点差が開いたら、それこそ終わる。だから全力で守らなければならない。

そう思った瞬間だった。気づいたら、目の前に人がいない。

振り返ると、柳下先輩がゴール前に踏み込んでいた。これを決められたら終わる。

そんな風に諦《あきら》めかけた俺に対して、竜也が柳下先輩に追い付いていた。

「決めさせるかよ……っ！」

凄まじい大ジャンプで、柳下先輩のシュートをブロックする。

バンクに弾かれたボールを、誰よりも早く反応した怜太がキャッチした。

体が勝手に走り出す。「夏希！」という声と共にボールが届く。柳下先輩たちはゴール下にいた以上、俺には追い付けない。走り抜けた俺のレイアップで速攻が決まった。

「勝てるぞ！　気ぃ引き締《し》めろ！」

諦めかけていたチームを、竜也が盛り立てる。

流石は次世代主将の器だ。こいつについていけばいいと思わせてくれる。

――残り一分二十秒。六点差。観客の声援も、ひと際増している。

俺たちのオフェンス。三番と八番の二人にマークされ、封《ふう》じられていた竜也が強引《ごういん》に仕掛ける。二人の間を、ドライブで割って入った。そこを抜けていくのか……⁉

カバーに入った八番をステップで翻弄《ほんろう》し、最後はパスを出す。しかし八番の巨体《きょたい》に押《お》されて体勢を崩した。ゴール前でボールを受けた日野がシュートを決める。

「ナイス！　流石、運動神経だけが取《と》り柄《え》の日野だな！」

「別にそれだけじゃねえけど⁉」

愕然《がくぜん》としている日野を放置してディフェンスに戻る。

相手の動きは分かっている。

「速攻！」と、柳下先輩の宣言と共に、相手チームが駆《か》け出していく。

だが、そう何度も同じ手は食わない。俺たちもちゃんと走り出している。だが、ゴール前で転んだ竜也だけが遅《おく》れている。――つまり柳下先輩がフリーだった。

「――俺が止める」

とっさにカバーに入ろうとした怜太を、手で制する。

柳下先輩にパスが回ったのは、俺がディフェンスについたタイミングと同じだった。

残り一分を切っている。ここで追加点を決められると本当に終わる。

だからこそ、柳下先輩もとどめを刺《さ》そうとしている。そういう人だからな。

「――行くぞ」

緊迫《きんぱく》した一瞬の最中《さなか》、ふと過去の光景が過った。

＊

「レギュラー取れよ、灰原」

夜遅《よるおそ》くまで自主練していた時のことだった。

「俺よりも上手くなって、竜也とのエース二枚看板でやるんだ」

汗だくの柳下先輩は、そう言って俺の背中を叩いた。

「何ですか、急に。無理ですよ、俺なんかには。ついていくだけで精一杯《せいいっぱい》です」

「そう言うな。自分を信じろ。君は絶対に、俺よりも上手くなれる」

俺にそんな期待をしてくれるのは、この人だけだった。

「どうしてそう思うんですか？」

本気で分からなかった俺に対して、柳下先輩は呆《あき》れたように肩をすくめた。

「――だって、こんな時間まで練習してるの、俺と君だけだぜ？」

高校デビューの失敗を、自覚し始めた頃だった。

自分の甘《あま》さと軽率《けいそつ》さを、後悔していた。努力が足りないと思い知っていた。

灰色に染まった世界で、もう何もかも捨ててしまいたいと思っていた。

――それでも、この人の期待だけは、裏切りたくなかった。

＊

目が合う。幾重《いくえ》もの視線のフェイクが重なる。それでも動かない。

引っかかってたまるかよ。俺が何度柳下先輩と一対一をしたと思っている。

相手が俺のリズムを読みやすくても、それは俺も同じだ。

柳下先輩がドリブルをつく。シザースステップ。クロスオーバー。反応する。直後にくるりと転回。柳下先輩は俺の体を抑えつつ、ロールターンで逆に抜けていく。

――そこまで読めている。だからついていける。ゴールへのコースは完全に塞《ふさ》いだ。

しかし、柳下先輩は足を止めると同時に後ろへと跳躍。シュート体勢に移る。

「フェイダウェイ……っ!?」

観客のどよめき。だが、俺だけは分かっていた。柳下先輩は追い詰《つ》められると、得意なフェイダウェイに移行すると。だから前へと足を踏み出せた。思い切り跳ぶ。

「おおおおっ‼」

止める。絶対に。

必死に伸ばした指が、シュートをかすめた。

「外れろ！」

そして、祈《いの》りは届く。

ボールはリングに弾かれて、大きく浮いた。

しかし、巨体の八番がゴール下に控《ひか》えている。

——その八番を圧倒《あっとう》して、いつの間にか戻っていた竜也が、大ジャンプでリバウンドを制する。転んでいたくせに、足が速すぎる。そして高すぎる。フィジカルお化けめ。

「カウンター！」と叫んだのは怜太だった。

竜也がゴール前から日野にパスを出し、日野から怜太にパスが回る。

柳下先輩はフェイダウェイで体勢を崩していた。八番はゴール下だった。

他の面子も、終盤《しゅうばん》で疲労《ひろう》が溜《た》まっているのだろう。まったく追い付けていなかった。

部活を引退した三年生よりも、怜太たちの方が体力で優っているらしい。

あっさりとゴールが決まる。

「下がるな！　当たれ！」

ディフェンスに戻ろうとした怜太たちに、竜也が指示を出す。

残り十秒。差は一点。悠長《ゆうちょう》に相手の攻めを待っていたら間に合わない。

オールコートプレス。体力で優ることに気づいた俺たちの勝機だ。

ゴールラインからパスを受けた柳下先輩が突破《とっぱ》を図《はか》る。しかし、無理はしない。ボールを奪《うば》われるのが最大の悪手だと知っているからだ。得意のハンドリングで時間を稼《かせ》ぐ。

柳下先輩がボールを保持したまま、時間が過ぎていく。

「竜也！」

「ああ！」

俺と竜也でディフェンスにつき、プレスでコートの端に追い込む。

「くそ……っ⁉」

ここに来て、初めて柳下先輩が表情を歪《ゆが》めた。パスコースは、すでにない。

竜也が伸ばした手は、柳下先輩からボールを弾く。確保して、ドリブルに移行した。

すぐそこに見えるゴールへと突き進《すす》んでいく竜也。

やらせるか、という柳下先輩の叫びと、後ろの俺にパスが来たのは同時だった。

「――夏希！　決めろ！」

シュートを打つ。ボールが宙を舞う間、静まり返った。

タイマーがゼロを示し、試合終了の合図が鳴る。誰もがボールの行方《ゆくえ》を追う。

ボールはネットに吸《す》い込まれ、俺たちの得点に二点が追加された。

おおお、と今日最大の歓声《かんせい》が湧《わ》く。クラスのみんながベンチから飛び出してきた。

ブザービーターだ。最終スコアは四十五対四十四。俺たちの勝利だった。

「……やられたな」

「そうですね。——柳下先輩、ありがとうございました」

「こちらこそ。良い試合だった。久々にひりついた」

「それもありますけど、それ以外にも世話になりましたから」

俺が頭を下げると、柳下先輩は「?」と不思議そうに首を傾《かし》げている。

今の柳下先輩に俺の行動の意味は何も分からないだろうけど、これでいいんだ。

「夏希！　俺たちの勝ちだぞ！」

竜也が大声で叫びながら肩を組んできて、岡島くんが飛びついてくる。日野と怜太ものしかかってきて、五人で喜び合った。クラスのみんながその円陣を補強する。

男子バスケットボールの一位が決定打となり、球技大会の優勝は一年二組に決定した。

＊

一通り騒ぎ終えると、体育館の外で休憩する。

いつの間にか、傍《そば》にいるのはいつもの面子に戻っていた。

俺と、竜也と、怜太と、詩と、陽花里と、七瀬で、休憩用のベンチに座《すわ》っている。

「いやぁ、優勝したねー。わたし、感動しちゃった」

「一年生で優勝したのは初めてらしいよ」

「まあ俺のおかげだな。バスケで一位取らなきゃ総合三位とか四位だったろ」

「タツだけのおかげじゃないけどねー」

「白鳥君も、灰原君も、とても頑張《がんば》っていたものね」

「まあ最後はぶっちゃけ体力だったな」

「あいつら、受験勉強で運動してねえから終盤へろへろだったぞ」

そんなことを言って、笑い合う。

昨日まで感じていたぎこちなさがない。自然な会話だ。

失いかけていた、いつもの六人に戻れた。そのことがとても嬉《うれ》しかった。

「よしっ！　後で打ち上げだね！」

「今日はこの後、部活だろ。もう動ける気しねえけど」

「あはは、大変だね竜也くん……」

「やるなら土曜日が無難じゃない？　部活の後でも集まれるからね」

「場所はどうするのかしら？」

「サイゼが一番財布《さいふ》に優《やさ》しい！　なのでサイゼに集合！」

「詩。たまにはお前ん家とかでもいいだろ。六人なら入れるし」

「それもあり！　でもサイゼより高いよ⁉」

「詩ん家って何だっけ？　お好み焼き屋だっけ？」

「そうそう。あの商店街あたりのお店。あんまり大きくないから、クラス会規模になると入れないんだよね。でも、僕らだけなら丁度いいんじゃないかな？」

「あ、でも俺。金なかったわ。やっぱ公園にしようぜ」

「それじゃ打ち上げにならないじゃん！」

　竜也と詩が元気だった。

　アホな言い合いをしながらも笑い合っている。

　やっぱり、あの二人が引っ張ってこその俺たち六人だな。

　――取り戻したこの空間を、大切にしたいと思った。

▼終章　愚かさを知る

球技大会が終わって、一日が過ぎた。

ごく普通に学校に通い、喫茶《きっさ》マレスでバイトをして、日常が過ぎていく。

駅のホームで帰りの電車を待っていると、肩を叩《たた》かれた。

何かと思えば、ギターケースを背負う芹香《せりか》がピースを向けている。

「おはよ」

「……もう夜だぞ？」

「でもバイト先だと、みんなおはようって言う」

「そりゃ仕事だからだ……てか、芹香もバイトだったのか？」

部活がないのに夜遅いことから推測したのだが、芹香は首を横に振《ふ》る。

「試験？　というか……トライアウト？　みたいなの受けてた」

「トライアウト？　……何の？　もしかして、バンドか？」

芹香はいつも通りの真顔で「そう」と頷《うなず》く。

「前々から誘《さそ》われてたバンドがあって、でも、かなりレベル高いし、私以外は社会人の集まりだし、気後《きおく》れしてたんだけど……せっかくだし挑戦《ちょうせん》してみようかなと思って」

……芹香って気後れとかすることあるんだ（失礼な感想）。

「結果は？」

「合格だって。いえい」

ピースを作った片手を真顔でぶんぶんと振る芹香。

そりゃ芹香の腕《うで》なら合格するだろうな。社会人バンドなら、俺たちよりはるかにレベルは高いんだろうけど……芹香だけは、贔屓目《ひいきめ》なしにプロ級の技術だと思うから。

「良かったな。おめでとう」

「うん。難しい曲を平気で弾きこなす人たちだし、すごく練習になるよ」

ついていくのに必死だけどね、と芹香は僅かに遠い目をした。

芹香がそんな感想を抱《いだ》くようなら、きっとすごいバンドなのだろう。

純粋《じゅんすい》に、良かったと思う。

ただ、そうなると俺たちのバンドは……

「――両立しようと思ってる」

俺の疑問を見透《みす》かしたように、芹香は宣言した。

「あっちは社会人バンドで、土日しか活動できないから、私は平日も練習したい。夏希《なつき》たちとまだ一緒にやりたいのも本当だし。文化祭だって、来年も出たいから」

「……大丈夫《だいじょうぶ》か？　スケジュール的にかなりきつくなるぞ？」

「どうせ家にいたってギター弾いてるだけだから」

芹香はそう言うけど、バンドの掛《か》け持ちは予想以上に大変だと思う。

「……もっとギタリストとして成長したいし、それに、どっちも私が一緒にやりたいって思ったバンドだから、妥協《だきょう》したくないんだ。どっちも頑張る。そう決めたんだ」

トライアウトを受けてきた直後だからか、芹香の言葉には熱があった。

「ね、手伝ってくれる？」

その問いかけに、頷かないわけがない。

あの日、初めて芹香のギターを聞いた日から、俺はずっと芹香のファンだから。

たとえ芹香が羽ばたくための踏《ふ》み台《だい》になったとしても、構わない。

「ああ」

拳《こぶし》を突《つ》き出すと、芹香もこつんと拳を合わせてきた。

「じゃあ、新しいドラマーを探さないとな」

新しい始まりに、ワクワクする。ミシュレフの時と同じ感覚だった。

「それなんだけど、ひとり見つけてきたんだ、ぴんと来るドラマー。紹介《しょうかい》するよ」

芹香はちょっと離《はな》れた場所に控えていた少女を呼び寄せる。

「何だ、一緒にいたのか？」

「うん。中三だけど、うちの学校に進学するつもりなんだって」

少女が近づいてくる。背は低い。整っているけど、あどけない容姿。

くりくりとした大きな目。ボブカットの髪《かみ》はぴょんと毛先がカールしている。

子供っぽさが抜《ぬ》けていない雰囲気《ふんいき》で、中学校の制服を着ている。

それは、かつて俺と美織《みおり》が着ていたものと同じだった。

芹香に紹介された少女は、びしっと敬礼し、元気に挨拶《あいさつ》してきた。

「――お久しぶりっす、灰原先輩《はいばらせんぱい》！　山野沙耶《やまのさや》っす。よろしくお願いしまっす！」

久しぶり、と山野が名乗った通り、俺たちは知り合いだった。

＊

球技大会から一週間が経った。

昼休み。食事を済ませた後の自由時間。

当初は大騒《おおさわ》ぎだったクラスも流石《さすが》に、元の落ち着きを取り戻している。

「え、美織が休んでる?」

その情報を陽花里《ひかり》から聞いて、眉《まゆ》をひそめる。

「うん。球技大会のちょっと後から、ずっとみたいだね」

教室の窓際《まどぎわ》付近に集まった、いつもの六人で顔を見合わせる。

「怜太《れいた》は何か聞いてないのか?」

「……RINEしても、何も反応がないんだよね。大丈夫なのかな」

怜太もスマホを眺《なが》めながら、心配そうにしている。

「先生からは風邪《かぜ》だって聞いたけど」

「ただの風邪にしては、長引いている気がするわね」

詩《うた》と七瀬《ななせ》も、そう言って顔を見合わせる。

……同じクラスの芹香なら何か知っているかもしれない。

「ちょっと芹香に聞いてみるよ」

そう言い残して教室を出ると、妙《みょう》に視線を感じる。

……何だ？　変な感じだな。一組の生徒から見られている。

一組の教室に顔を出すと、どうやら芹香も離席《りせき》しているようだった。

もしかしたら第二音楽室か？　どうせ暇《ひま》だし、ちょっと探してみよう。

それにしても、美織が風邪を引くなんて珍《めずら》しいこともあるんだな。馬鹿は風邪引かないはずなのに。まあインフルエンザが流行《はや》り始める時期でもあるからなぁ。帰り際に寄って、ちょっと様子でも見てやるか？

ごちゃごちゃと考えながら、女子トイレの前を通りかかった時だった。


「本宮《もとみや》の例の噂《うわさ》ってマジなん？　白鳥《しらとり》くんと灰原くん両方に手ぇ出してるってやつ」

「なんか見た人いるらしいよ。公園で灰原くんに抱き着いてたって」

「うわ、マジ最低じゃね？　あいつ、ちょっと顔良いからって調子乗ってない？」

「前に灰原くんとはただの幼馴染《おさななじみ》だって言い張ってたよね？　なーんかちょっと自慢《じまん》げだなとは思ってたけどさ。クソビッチじゃん。白鳥くんと星宮《ほしみや》さんかわいそー」


――ふと耳に入ったのは、一組の女子グループによる噂話《うわさばなし》だった。

あとがき

仮に『灰原《はいばら》くん』がギャルゲだとするなら、初手は陽花里《ひかり》ルート、美織《みお》ルート、詩《うた》ルートがあり、完全版の発売時に七瀬《ななせ》ルートと芹香《せりか》ルートが追加されます（何の話？）

というわけで、お久しぶりです。雨宮和希《あまみやかずき》です。

ついに『灰原くん』のコミカライズがスタートしているみたいですね！

とはいえ、このあとがきを書いている段階ではまだ始まってないですけど（笑）

コミカライズも、とても面白い作品に仕上がっています。ぜひ読んでみてください。

流行りの縦読み漫画形式です。スマホだと読みやすいんじゃないかな？

さて、本編はバスケ回でした。前回で恋愛模様には一区切りがついたので、青春を主題に置く物語としては、今回のような展開も大事だと思っています。それと同時に、前回の選択の結果を描く展開でもありました。元通りを望んでも、変わらないものなんてない。

時間が経つにつれて、何もかも変わっていきます。最近、よくそれを実感します。

仕事をして、小説を書いて、同じような日々を過ごす中で、いろいろな考え方に触れて、少しずつ価値観が変わっている気がします。それが成長であればいいと思います。

高校生の頃、私は将来というものをまともに考えたことがありませんでした。

この先、自分がどうなるのか、まったく分からなかったからです。

今は、今と地続きの将来が見えます。

将来が鮮明に見えるほど大人になったのだと思うと、少しだけ寂しくもあります。

それでも、どんな将来でも、私は物語を創り続けていると思います。それさえ続けられるのなら、きっと幸せでいられるんじゃないかなと、そんな風に思います。

これまでもいくつか小説を出版してきましたが、五巻以上もシリーズを続けられるとは思いませんでした。これも応援してくれる読者の皆様のおかげです。

よろしければ最後までお付き合いくださると幸いです。

なお、ツイッター等のＳＮＳで感想を呟いてくれると、作者が非常に喜びます。

そして、ぜひこの作品を友達に薦めてみてください。もっともっと多くの人に読んでいただけると、作者が非常に喜びます。皆様が頼りなので、よろしくお願いします。

良い感じ（？）にまとまったので謝辞に移ります。

担当編集のＮさん、今回も「〆切？　何のことだ？」と言わんばかりの進行、毎度毎度大変申し訳ございません……。６巻初稿は〆切を守ります。本当です。

イラストレーターの吟《ぎん》さん、今回も素晴らしいイラストをありがとうございます。今回は男性陣が良いですね……。生き生きしている……美織の憂い顔も良い……。

そして本書に関わってくださったすべての方に、多大な感謝を。

この物語が少しでも貴方の心に届いたのなら、作者冥利に尽きます。

それでは、今回はこのあたりで。また次巻でお会いしましょう。


そういえば最近引っ越しました。早く光回線開通させてゲームしてぇ……。

次回予告
灰原くんの強くて青春ニューゲーム6
今冬、発売予定!!!!
NewGame+ START?
▶Yes No
クラス対抗の球技大会を
通して、ギクシャクしていた
仲良しグループも
ようやく普段の調子を
取り戻していた。
ホッとする夏希。
陽花里との交際も順調に進み、
何もかもが上手くいく、
そう思っていたのに――

HJ文庫 https://firecross.jp/
1096

灰原くんの強くて青春ニューゲーム 5

2023年7月1日　初版発行

著者――雨宮和希

発行者―松下大介
発行所―株式会社ホビージャパン

〒151-0053
東京都渋谷区代々木2-15-8
電話　03(5304)7604（編集）
03(5304)9112（営業）

印刷所――大日本印刷株式会社

装丁――coil／株式会社エストール

Printed in Japan

ISBN978-4-7986-3218-6　C0193

ファンレター、作品のご感想
お待ちしております

〒151－0053　東京都渋谷区代々木2－15－8
(株)ホビージャパン HJ文庫編集部 気付
雨宮和希 先生／吟 先生